검정고무신

# 검정고무신

초판 인쇄  2021년 12월 15일
초판 발행  2021년 12월 17일

지은이    이영일

펴낸이    정승현
펴낸곳    도서출판 황매
출판등록  제 406-251002013000215 호
주소      서울시 마포구 동교동 198-5 신영빌딩 4층
전화      02-332-9501
팩스      02-336-9502
이메일    wooshin2006@naver.com

ISBN  979-11-967622-6-1  03810

# 검정
# 고무신

이영일

황매
BOOKS

# 목 차

## 은빛 물고기의 계절

무척 덥고 긴 여름이었다.

"아빠, 이제 꺼내요."

"조금만 더 있다."

강기슭 얕은 물에 어항을 담가 두고 아버지와 나는 물고기를 기다리며 모래톱 언덕에 앉아 있었다. 아버지는 강바닥에 놓인 어항을 굽어보고 계신다. 강물은 잔잔히 흐르고 햇빛을 받아 반짝이고 있다. 한강은 하도 맑아서 돌이 뒤섞인 모랫바닥이 다 보인다. 물고기들이 안으로 쏙 들어간 어항 구멍 앞에서 서성대고 있다. 들어가면 나오지 못하는데.

나는 막대기로 모래에 아무거나 끄적대다가 이내 막대기를 던지고 팔을 뻗어 늘어진 버드나무 가지를 잡아당겼다. 일없이 몇 번 당기다가 탁, 놓았다. 아버지가 일어나 강으로 첨벙첨벙 들어가셨다. 아버지가 어항을 꺼내 들자 물이 밑으로 쏟아지며 은빛 물고기들이 어항 안에서 파닥였다. 피라미와 버들치, 모래무지들.

아버지와 난 아침에 눈을 뜨자마자 물고기를 잡으러 나왔다. 언제나 그렇듯 어항과 깻묵, 어망을 낡은 시장바구니에 담아서 이곳으로 온다. 잡은 물고기는 배를 따고 창자를 긁어내 손질해서 어망에 담는다.

멀리 있는 산이 뱉어 놓은 아침 해가 제2 한강교까지 올라왔다.

아버지는 어항과 깻묵을 챙겨 넣은 시장바구니를 들고, 나는 물고기가 든 어망을 들고, 내가 몇 걸음 앞서갔다. 우리 집은 염리동 소금 길을 따라 올라가면 있다. 구불구불하고 가파른 오르막길이다. 옛날에 서해안에서 생산된 소금이 이곳 소금 나루를 통해 팔려 갔다고 한다.

앞서가던 나는 높은 곳에서 걸음을 멈추고 돌아보았다. 그때마다 아버지는 멈추어 땀을 닦으시곤 미소 지으시며 손을 흔드신다. 나는 계단이 시작되는 곳에서 또다시 멈추고 오던 길로 내려갔다. 어망을 들지 않은 손으로 아버지가 든 바구니를 뺏는데 아버지는 힘주어 잡는다. 나는 힘껏 낚아채어 오르막길을 도망쳐 올라갔다. 골목에 아버지의 너털웃음 소리가 맴돌다 사라졌다. 나는 강아지처럼 앞서가다 한 번씩 멈춰 돌아보고 계단을 올랐다. 양팔을 높이 들고 빙글빙글 돌기도 하면서 콧노래를 불렀다. 아버지가 시장바구니 안 어항이 깨질까 봐 나를 연이어 불렀다.

집에 다 왔다.

시멘트 블록 벽에 양철 지붕을 얹은 집이다. 지붕은 파란색을 칠했고 대문은 하늘색으로 아빠와 칠했었다.

할머니가 평상에서 마늘을 까고 계시고, 할아버지는 마당을 쓸고 계셨다,

"할아버지, 할머니 안녕히 주무셨어요?"

"오냐."

"많이 잡았구나."

할머니가 어망을 들고 부엌으로 가신다.

"어멈아, 매운탕거리다."

나와 아버지는 웃통을 벗고 마당 수돗가에 엎드렸다. 할아버지가 우리의 등에 사정없이 물을 끼얹었다. 아버지와 나는 푸푸거리며 몸서리를 쳤다. 수건으로 몸을 닦으며 허리를 쭉 폈다. 한강이 한눈에 들어왔다. 왼쪽에 여의도 비행장이 보이고, 오른쪽에 밤섬이 보이고, 당인리 발전소 굴뚝에서는 연기가 피어오르고 있다. 우리 집 막내 멍멍이가 아침 마실 갔다가 들어와 컹컹, 내게 달려들었다.

나는 수건을 목에 걸고 우리 방으로 들어왔다. 형은 아직 개구리처럼 엎드려 자고 있다. 몇 자 쓰다만 종이 뭉치가 바닥에 어지럽게 널려 있다. 나는 눈만 감으면 잠이 드는 체질인데, 형은 시를 쓴다면서 밤에 안 자고 지금은 우렁차게 코까지 골고 있다. 갑자기 코 고는 소리가 들리지 않고 탁탁…… 형이 손을 뻗어 무언가를 잡으려 하고 있다. 이불을 덮으려고 하는 것이다. 이불은 잡히지 않고 방바닥만 더듬고 있다.

그럴 수밖에, 엄마가 이불을 개켜 장롱에 넣었기 때문이다.

"바보냐? 이불 없다고."

형이 비실비실 일어나더니 겨우 눈을 반만 뜨고 방을 나갔다. 나는 엎드려 어제 노느라 하지 못한 숙제를 시작했다. 우리나라 산맥과 강 이름 오십 번 써야 했다. 처음 열 번 쓴 거는 겨우 알아볼 수 있지만, 다음 거부터 알아보기 힘든 글씨였다. 손이 후들후들 떨렸다.

"발딱 일어나서 세수 안 해?"

엄마가 부엌에서 지르는 소리가 방까지 들렸다. 형이 부뚜막에서 무쇠솥을 껴안고 다시 잤나 보다.

"늦게 잤단 말이어요."

"누가 그러래?"

그때, 엄마가 카 탄성을 냈다. 찌개 간을 보시나 보다. 본인의 음식 솜씨에 스스로 감탄하며 변하는 표정이 환하게 그려졌다. 엄마는 사이다를 마실 때나, 물을 마실 때도 카 소리를 낸다. 그 소리를 들으면 나도 먹고 싶어진다. 나도 엄마를 닮았다. 맛있는 음식을 먹을 때면 나도 모르게 흥얼거려진다. 음식을 씹을 때면 입안에 행복감이 가득 찬다. 사람들은 내가 음식을 참 맛있게 먹는다며, 자기들도 음식이 맛있어진다고 했다.

책가방을 싸 놓고 기분이 좋아져 흥얼대며 부엌에 물을 마시러 갔다.

"찌개 냄새 죽이네요."

형은 여전히 솥을 껴안고 코를 킁킁대며 말했다.

"빨랑 안 일어나? 왜 아침마다 이 난리야?"

엄마가 형 엉덩이를 밥주걱으로 찰싹 소리가 나게 때렸다.

"아야!"

형은 짧게 비명을 지르며 벌떡 일어났다.

"예술가는 원래 밤을 사랑한단 말이에요."

뻔뻔하게 큰소리치는 형. 전혀 예술가로 보이지 않는다. 엄마가 밥주걱을 다시 치켜들자, 형은 후다닥 도망쳐 나갔다.

세수하고서 형이 물끄러미 대문을 본다. 하늘색인지 뭔지도 모를 색으로 변해 버린 양철 대문 밖에서 아이들이 재잘거리며 학교 가는 소리가 들렸다. 여기저기 어지러운 전선 위에 새카맣게 모여 앉은 제비들이 담 너머로 보였다. 이제부터 추워지니 따뜻한 남쪽에 갈 작정인가 보다.

# 나직히 노래하는 오래된 집

"학교 다녀오겠습니다."

"얘들아! 도시락 가져가야지!"

나는 부뚜막 옆에 놓아둔 도시락을 집어 들며 대문을 나가는 아이들에게 소리쳤다.

"아하, 엄마, 나 진짜 늦었어요."

기영은 후다닥 되돌아와 도시락을 받아 들고 뛰어나갔다. 뒤이어 기철이도 "땡큐! 엄마." 외치며 도시락을 들고 튀어 나갔다. 나는 양철 대문이 부서질 듯 연이어 닫히는 소리를 뒤로하며 부엌으로 들어왔다.

"에이구, 도시락은 애들 신발 신는 데 근처에 딱 놔둬야 가져가지."

시어머니는 소매를 걷으시며 부엌으로 들어가셨다. 나는 얼른 뒤따라 들어갔다.

"어머님, 제가 치울 테니까 들어가서 쉬세요."

"아니다. 서로서로 집안일은 나눠서 해야지."

"얼른 들어가세요."

부뚜막에서 따뜻한 물을 퍼서 그릇을 담아놓은 설거지통에 부으며 말했다. 수세미에 세탁비누를 묻히고는 제발 방에 들어가 쉬시라는 표정으로 어머니를 돌아보는데 어머니가 물끄러미 내 손을 보셨다.

"어미도 이제 나이가 드는구나, 그 곱던 손이."

어머니는 안쓰러운 듯 말씀하시고는 내 얼굴도 찬찬히 바라보셨다.

"그래. 세월 막을 장사가 있나."

"아이, 어머님두. 저 아직 탱탱해요. 부뚜막에서 뜨거운 김도 가끔 쐬며 관리도 하고요."

나는 웃으며 말했지만, 왠지 얼굴을 가리고 싶어졌다.

"그래, 수고해라."

어머님은 소매를 다시 내리시며 부엌에서 나가셨다. 나는 수세미를 쥔 손을 내려다보았다. 거칠어진 손등, 굵어진 손가락 마디가 눈에 들어왔다.

그렇네. 손에 세월이 앉았네.


마루에서 아이들 방으로 가는데 안방에서 오덕이가 내가 지나가는 소리를 듣고서 달려 나왔다.

"엄마, 나랑 인형 놀이해."

"청소 마치고 놀아줄게."

"안 돼. 나 공주 놀이하는데 시녀가 없어."

오덕이가 단호하게 말하더니 내 손을 잡아끌었다. 방에 들어가니 헝겊 인형 두 개가 놓여 있다. 난 둘 중 시녀로 짐작되는 허름한 인형을 들고 인형 놀이를 시작했다.

"공주님, 공주님은 왜 이렇게 예쁘신가요."

"그렇지? 나는 이오덕 공주야. 이렇게 매끄러운 피부, 아름다운 눈, 착한 마음씨까지 세상에서 젤 예쁜 공주."

"그게 다 공주님 어머니신 왕비님이 예쁘셔서 그렇겠죠?"

"맞아. 우리 엄마가 얼마나 예쁜데."

오덕이는 인형을 든 채로 내 품에 꼭 안겼다.

"우리 엄마는 엄청 예뻐. 엄마도 매끄러운 피부, 아름다운 눈."

오덕이는 한 손으로 내 얼굴을 쓰다듬다가 뭔가를 발견했는지 유심히 들여다보았다.

"엄마, 이거 뭐야?"

"응? 뭐가?"

오덕이가 거울을 가져오더니 내 눈가를 손으로 짚었다. 기미다. 오덕이 낳은 후 없어지지 않더니 점점 많아지는 것 같다.

"엄마, 여기저기 까만 게 있어."

눈가에 퍼진 기미만 보이는 게 아니라 눈 밑, 눈가도 주름이 자리를 잡는 것 같다.

"엄마, 병 걸린 거야?"

오덕이가 자신의 얼굴을 거울에 비춰 보고는 묻는다.

"난 없는데."

나는 인형을 바닥에 놓고 오덕이 겨드랑이를 간지럽히기 시작했다.

"이런 게 다 오덕이 낳아서 잘 기른다고 받은 상이야. 상."

오덕이는 손만 다가가도 간지럼을 타며 웃음을 터뜨리는 아이다. 내가 쉴 틈 없이 간지럼을 태우자 오덕이는 자지러지게 웃었다. 방 안에 온통 오덕이의 웃음소리로 꽉 찼다. 간지럼 태우는 걸 멈추자, 웃음을 뚝 그치고 자못 심각한 얼굴로 나를 바라보았다.

"엄마, 내가 주는 상도 받아."

내 눈가에 뽀뽀하며 품에 폭 안기는 녀석. 엄마가 받았다는 상이 별로 맘에 들지 않았나 보다. 막내딸 오덕은 한참을 내 품에 안겨 있었다.


나는 기철이와 기영이가 어지럽혀 놓고 나간 방을 치우기 시작했다. 여기저기 구겨서 던져 놓은 종이뭉치를 보니 기철이가 또 밤새 시를 끄적인 모양이다. 기철이 녀석은 유난히 사춘기를 타는 것 같다. 초등학교 때는 이것저것 만들기 좋아하고 잘 먹고 잘 자던 소년이었다. 중학생이 되자 어느 날부터 라디오를 머리맡에 밤새 켜 놓고 음악을 들으며 무언가 끄적이기 시작했다.

녀석은 뭔가 대단한 거라고 썼지만, 현실은 불쏘시개일 뿐이다. 나는 구겨진 종이를 한 장 한 장 펴 모으다가 한 종이에 눈길이 멈췄다.

엄마

엄마

우리 엄마

여름날

소나기 그치고

핀

장미 같은 나의 엄마


　탐스러운 장미 덩굴 스케치가 시를 둘러싸고 있다. 나는 입술을 달 싹여 두 번 읽었다. 그리고 소중히 접어 화장대 서랍 안 손수건 밑에 넣어 두었다.

# 플라타너스 길을 건너 그녀를 만나다

"이기철, 너 또 1등이냐? 대단하다."

1교시를 마친 나는 달걀 프라이가 밥 위에 얹혀 있는 도시락을 까먹으며 흐뭇하게 웃는데, 내 단짝 영일이가 잡지를 들고 옆자리에 앉았다.

이번 달 가슴을 울리는 사연
1등: 이기철(서울 마포구)
상품: 금성 트랜지스터 라디오

입안에 퍼지는 짭조름한 달걀과 밥, 그리고 칼칼한 김치의 조합에 만족하고 있는 데다 이런 기쁜 소식까지. 어느 정도 예상은 했던 터지만 뽑히니 좋긴 좋다. 나는 눈을 감고 삶이 주는 행복을 마음껏 느

껐다.

"야, 이거 받으면 진짜 좋겠다. 나한테 넘겨라."

"안 돼. 팔아서 집안 살림에 보태야 하거든."

"그래? 이번 기회에 집안을 크게 일으켜라."

영일은 깔깔댔다.

나는 김치를 꼭꼭 씹으며 어젯밤 들은 아버지의 혼잣말을 생각했다. 아버지 회사 매출이 계속 저조해서 월급 받기도 미안한 상황인가 보다. 아버지가 계속 회사에 다니실 수 있을지 나는 걱정이 되는데 엄마는 아직 잘 모르시는지 오늘 달걀 반찬을 넣어 주셨다.

우선은 지금을 즐기자.

나는 달걀 조각과 밥을 다시 입에 넣으며 씹는 것에 집중했다.

"이거 몇 번 우려먹은 이야기냐?"

"우려먹다니. 변치 않는 진실을 여러 각도로 조명한다고 해야지."

밥을 우걱대며 말하자 밥알이 영일 얼굴 쪽으로 튀었다.

"크크, 밥알도 여러 각도로 튄다. 에이, 더러워."

녀석 겨우 하나 튀었을 뿐인데. 아니 두 개쯤.

"야, 그게 무슨 소리야?"

우리 옆으로 찬이 왔다. 성이 하, 이름이 찬, 그래서 하찬. 아버지 회사 사장 아들이다. 너무 귀한 아들이라 귀신이 샘낼까 봐 이름을 하찮게 짓느라고 하찬으로 지었다고 했다. 우리 중학교에서 주먹으로는 찬을 당할 자가 없다.

"기철이가 학원지에 사연 보내서 또 1등 했대. 지는 경험해 보지도 않은 사랑 이야기 하나를 지어서 여기저기 보내고 상이란 상은 다 받는 거지."

"그래도 돼? 똑같은 얘기를?"

"물론 조금씩 바꾸긴 하지. 여자 이름이나 지역, 나이 등등. 사건의 진행 순서를 바꾸기도 하는데 그건 좀 더 스킬이 필요한 부분이고."

찬이 눈이 똥그래져서 물어보자, 영일은 내가 쓴 사연의 진실을 자신이 한 것처럼 조목조목 밝히며 자신의 존재를 나타냈다.

나는 도시락을 다 먹고 손등으로 입술을 쓱 닦았다.

"춘향전, 콩쥐·팥쥐가 오랜 시간이 지나도 계속 읽히고 사랑받는 것과 같은 맥락이라 보면 되는 거야. 좋은 이야기는 옷만 바꿔 입고 계속 나오는 거야. 요즘 나오는 드라마도 사실 이미 나온 이야기의 또 다른 모습이거든."

나는 이빨 사이에 낀 음식 찌꺼기를 쩝쩝대며 나의 창작 지론을 펼쳤다.

"이 새끼, 완전 사기꾼이네. 가만 놔두면 안 되겠다."

이런 것이 전혀 이해가 안 되는 찬은 흥분했다. 내 뒤통수를 치려던 찬은 무슨 생각이 들었는지 주먹을 멈췄다.

"그럼 너, 내 연애편지 대신 써 줘라."

물로 입을 한참 헹군 나는 물을 꿀꺽 삼키고는 차분히 말했다.

"네가 뭘 모르나 본데, 돈 안 받고 글 쓰는 건 일기뿐. 나처럼 진짜 예술가는 대가 없이는 절대 안 쓰는 거야."

"이건 뭔 개소리래?"

찬은 나의 글 철학과 코털만큼이라도 비슷한 말은 들어본 적이 없는 것 같다. 개소리라니. 찬은 주먹을 나의 턱에 갖다 댔다.

"너 맞고 쓸래, 맞아 죽고 안 쓸래?"

찬의 주먹이 내 턱을 아래에서 꾹 강하게 밀어 올렸다. 입이 닫힌 채 나는 찬을 만만하게 봐선 안 된다는 것을 깨닫고 자세를 고쳤다. 그리고 환하게 웃었다.

"하하하, 뭐 그렇게까지? 우리 사이에."

내가 태도를 바꾸자 만족한 찬은 주먹을 거뒀다.

"나도 예술이라면 좀 알지. 펄시스터즈 누님들이 좋아서 레코드판도 다 산 사람이라고. 이번 연애편지가 잘되면 큰 거 한 장으로 답하겠다."

호기로운 찬의 발언에 영일이가 더 난리였다.

"그래? 얼마나 준다는 거야? 큰 거 한 장이면?"

"화제작 대괴수 용가리 영화표 1장이다."

찬은 자신도 자신의 관대함이 맘에 드는지 고개를 끄덕이며 대답했다.

"기철 혼자 보면 그게 뭔 재미있겠냐. 2장 줘라. 나도 기철이 적극 도울게."

영일은 흥분해서 침이 사방으로 튀었다.

"근데, 규율부 선생님이 극장 가지 말라고 했는데."

나는 천진한 눈망울로 찬을 보며 곤란해, 하는 표정을 지었다.

찬은 또 버럭 눈썹이 치켜 올라갔다.

"왜 이래. 아마추어같이."

"기철아, 해라. 나 용가리 보고 싶다."

"어이, 영일. 내가 언제 네 표도 준대?"

찬은 꺼들먹대며 말했다.

"제발요."

영일은 두 손을 모으고 애원했다.

나는 찬과 영일을 보며 천천히 입을 열었다.

"근본적 문제가 있어. 내 글은 체험형 글이야."

"그게 뭔 소리야?"

찬은 또 버럭 소리를 질렀다.

"작은 부분이라도 경험을 해야 글이 써진다는 거지. 풀에 관해 쓴다고 하면 집 앞의 잡풀이라도 뜯어서 냄새 맡아보고 쓰는 거야. 만약 엄마에 관해 쓴다면 엄마를 관찰하고 삶에서 체험한 것을 바탕으로 영감을 받아서 쓰는 그런 식이다, 이거지."

찬은 얼굴이 붉으락푸르락해서 책상을 쳤다.

"그래서? 이 자식! 너 내 여신님 냄새를 맡겠다는 거야?"

찬은 분을 못 참겠는지 괜히 옆에 있는 영일의 뒤통수까지 쳤다.

"아, 아퍼. 왜 때려."

억울해하는 영일을 힐긋 본 다음 나는 나의 글 철학을 차분히 밝힌다.

"그게 아니라, 맞춤형 서비스다, 이거야. 크림빵에 대해 글을 쓴다면 그 크림빵이 어떤 모양인지, 정말 좋아할 만한지 알아봐야 한다는 거지."

"크림빵 싫어하는 사람이 어디 있어!"

찬은 말도 안 된다는 듯 다시 책상을 쳤다.

"이렇게 일등 하는 기철을 믿어봐."

영일은 잡지를 들어 보이며 찬을 살살 얼렀다.

"그래?"

일등을 했다는 말에 주먹 외에는 일등을 해 본 적이 없는 찬은 갑자기 나에 대한 신뢰가 샘솟는 것 같았다.

나는 고개를 끄덕였다.

"그럼그럼. 어떻게 생겼는지 보여주면 기철이가 해 볼 수 있을 듯."

영일은 얼른 부추기는 말을 덧붙였다. 어지간히 용가리를 보고 싶은가 보다.

"그래, 그럼 학교 끝나고 같이 가자."

찬은 나에게 싱긋 미소를 지었다. 2교시 시작종이 울리자 찬은 기분이 좋아져서 자기 자리에 가서 앉았다.

2교시. 도덕 선생님은 '개인의 도덕적 삶과 공동체 구성원의 의무'를 요약해서 칠판에 적어 놓으시고는 창가로 가서 밖을 보기 시작했다. 아마도 오늘도 수업 끝 종소리가 울릴 때까지 저러고 계실 것이다.

우리 집 가훈은 '정직'이다. 나는 시험을 잘 보기 위해 이런 것을 달달 외우기보다는 삶에 정직한 내 모습이 이미 백 점이라고 생각했다. 나는 턱까지 괴고 창밖을 내다보았다. 운동장에서 체조하는 아이들 머리 위에 햇빛이 앉아 있었다. 모두 빨간색 체육복을 입었지만, 키 작은 아이, 큰아이, 이런 표정, 저런 표정 지은 아이들이 하나하나 개성을 뿜어내고 있었다.

나는 앞에 앉은 영일의 등을 퍽 치고 속삭였다.

"좀 힘들 것 같다."

영일이 고개를 돌려 소곤댔다.

"뭐가? 아, 찬이 연애편지. 왜?"

나는 영일의 어깨에 얼굴을 가까이 가져갔다.

"걔 취향이 영 나랑 달라. 걔가 좋다는 여자애들이 의외로 빼빼한 스타일이잖아. 아무리 남의 연애편지라 해도 내가 좋아하는 타입이어야 제대로 감정이입이 될 텐데."

"그러니까 더 좋지. 그 여자가 네 스타일이라면, 찬이에게 넘어오는 꼴을 보고 싶겠냐고. 네 안의 은밀한 저항이 거세서 편지가 잘 안 나올 걸."

나는 그것도 일리가 있는 말이라고 생각했다.

"그렇네. 이래저래 딜레마다."

"딜레마?"

"투비 오어 낫 투비 (To be or not to be) 사느냐 죽느냐, 그것이 문제로다. 햄릿 형이 한 말이잖아."

영일은 다시 앞을 보며 중얼댔다.

"영어 30점 맞은 주제에 씨부렁대기는."

종례를 끝나기가 무섭게 찬은 내 자리에 왔다.

"따라와."

"어디를?"

나는 폭력에 대한 공포를 잠시 잊고 예술가 특유의 모든 것이 귀찮다는 태도로 말했다.

"죽을래?"

찬은 내 얼굴 앞에 주먹을 들어 올렸다.

영일은 후다닥 가방을 싸 어깨에 걸고서 나와 찬의 어깨에 양팔을 두르고 또 침을 튀겼다. "얘들아, 빨리 가자! 난 왜 이렇게 하굣길이 즐겁지?"

성심여중 진입로에 이르렀을 때 다행히 학교가 파하지 않았다. 우리는 진입로 언덕길을 어슬렁어슬렁 걸어 올랐다. 양쪽 길가에는 플라타너스가 늘어서 있다. 여름 내내 무성했을 넓은 잎들은 푸름을 잊어가고, 높다란 가을 하늘에는 구름이 듬성듬성 박혀 있었다. 정문 앞에 이르자 우리는 플라타너스, 나무 뒤에 은폐했다. 찬과 영일은 나무에 등을 기대고 정문을 연신 돌려보았다. 나는 그들 앞에서 하늘에 박혀 있는 구름에서 눈길을 떼지 않고 있었다. 마치 관심 없다는 듯.

그러기를 얼마가 지나자 왁자한 소리가 들리며 양 갈래머리, 단발머리 여학생들이 교문에서 쏟아져 나왔다. 찬은 등을 나무에 기댄 채 고개를 돌려 심각한 얼굴로 나오는 여학생들을 살폈다. 나는 여학생들을 바라보는 것도 부끄러운데, 영일은 입이 헤 벌어진 채 다물어지지 않는다.

"얘들아, 난 너무 행복해."

영일은 쏟아져 나오는 여학생들이 예뻐서 죽을 지경인가 보다. 나는 영일을 한심한 표정으로 보았다.

"쟤야. 아니, 저분이셔. 나의 여신님!"

찬은 한 여학생을 가리키며 크게 외쳤다. 나는 찬의 손가락이 가리키고 있는 곳으로 눈길이 따라갔다. 찬의 손가락은 사라지고 여학생이 나타났다. 친구들과 재잘거리며 미소 짓는 그 여학생. 무엇이 즐거운지 활짝 웃었다. 한낮을 지나 저녁으로 기울어가는 붉은 해가 그녀의 뒤를 찬란하게 비추고 있었다. 까만 그녀의 단발머리가 황금빛으로 반짝였다. 나는 그때 알았다. 내가 감히 이해할 수 없는 아름다움이 있다는 것을. 지난밤, 엄마를 장미에 비유해서 몇 자 끄적거렸다. 하지만 저 여학생은 세상 무엇에도 비유될 수 없이 스스로 아름다웠다. 나는 숨을 쉴 수가 없었다. 영일도 놀랐는지 눈이 왕방울만 하게 커지고 손바닥으로 입을 가렸다.

"우와, 편지 술술 써지겠는데."

# 상 자 속 전 화 기

나는 안방 경대에 올려져 있는 빨간 전화기를 노려보고 서 있었다. 엄마는 시장에 저녁거리 사러 가셨고, 할머니 할아버지는 마실 가셨다. 여동생 오덕이는 엄마가 업고 가셨다. 전화를 걸어볼 기회가 온 것 같아 내 작은 가슴은 뛰기 시작했다. 집에 전화를 들인 지 얼마 되지 않아 만져본 적도 없다. 나는 엄마가 전화하던 것을 봐뒀던 터라 전화를 어떻게 하는지 알고 있다.

나는 기회를 놓치지 않고 전화 수화기를 들었다.

내가 제일 좋아하는 만화가 둘 있다. 하나는 '까불이 의사'고 다른 하나는 '정의의 홍전사'이다. 딱 들어도 내가 얼마나 남을 돕는 것을 좋아하고 불의를 참지 못한다는 것을 알 수 있을 것이다. 또, 그들은 단순히 힘으로 나쁜 놈들을 물리치는 게 아니라 머리를 잘 쓴다. 특히 홍전사는 우리 앞에 놓인 숫자들이 바로 암호라는 것을 알고, 그것으로 비밀을 알아내고 난관을 헤쳐 나간다. 나도 숫자들의 조합이 세상의 비밀을 담고 있다고 생각한다. 나는 아빠가 세상에서 제일 멋지고 좋다. 우리 아빠가 홍전사보다 훨씬 멋지다.

나는 교환원에게 03국에 0330에 연결해 달라고 부탁했다. 이건 우리 아빠의 생일이다. 영웅들은 항상 특별한 날 태어난다. 이 숫자들이 뭔가 비밀을 담고 있다는 것을 이미 누군가는 알고 있을지 모른다. 그들은 추측하는 데서 멈추겠지만 나는 그것을 증명해 낼 것이다. 바로 지금.

어린 목소리를 듣고 교환원 누나는 부모님 허락을 받고 전화를 쓰는 거냐고 물어 왔다. 나는 잠시 고민했다. '정직'이 가훈이지만 다행히도 영웅들은 부모님의 허락을 받지 않을 때도 있다는 것을 기억해 냈다.

"네. 엄마가 저한테 시키셨어요."

이렇게 대답을 하자마자, 나는 코를 붙잡고 여자 목소리를 냈다.

"기영아, 엄마가 시킨 거 잘하고 있니?"

사실 엄마는 나가시기 전 숙제를 하라고 하셨고, 나는 이 전화만 끝나면 바로 할 거니까 절대 거짓말을 하는 건 아니다. 어쨌든, 그 소리를 듣고 그 교환원은 전화를 연결해 줬다.

어떤 할머니가 전화를 받더니 다짜고짜 왜 이제 걸었냐고 따졌다.

"오빠 미워. 그래도 난 노래를 불러줄 거야."

그 할머니는 노래는커녕 '우우흥, 우흥, 우우흥' 하며 부엉이 울음 소리만 소리 높여 질러 댔다. 꼭 깊은 산속에 온 것만 같았다. 보통 아이들 같으면 예상치 않은 상황에 전화를 끊었을 테지만, 나는 어른을 공경할 줄 아는 예의 바른 아이였다.

"아, 노래가 독특하네요. 힘차고 자신만의 색깔이 있으시군요."

나도 휘파람으로 답가를 하려는데 갑자기 날카로운 비명이 들렸다.

"어머니, 언제 이 방에 오신 거예요! 방 벽에 뭘 잔뜩 발라 놓으시고. 치매가 점점 심해지시네. 당장 전화기 이리 주세요!"

할머니가 전화기를 사수하려 애쓰는 소리가 들리더니 전화가 톡 끊겼다.

나는 조용히 수화기를 내려놓고 아무 일 없는 듯 마당으로 나와 아무도 없는 부엌을 흘깃 바라보았다. 그리고 멍멍이 앞에 쭈그리고 앉았다.

"멍멍아, 비밀 지켜라."

멍멍이는 내 말을 알아들었는지 컹컹 짖었다.

# 흐린 기억 그 아이

"나 안 해."

나는 진입로 언덕길을 빠르게 내려가며 내뱉었다. 뒤늦게 집에 가는 몇몇 여학생 사이를 빠르게 지나쳤다. 여학생들이 놀라서 비켜섰다. 찬이 달려와 내 어깨를 잡았다.

"너 뭐야. 누군지 봐야 편지 쓸 수 있다고 해서 여기까지 왔잖아. 왜 이제 딴말이야! 죽고 싶어?"

분위기가 심상치 않은 걸 보고 달려온 영일이가 조심스레 끼어들었다.

"내가 대신 써줄까? 내가 할 수 있을 거 같아. 나 이번에 국어 80점 받았어."

"넌 까불지 마. 야, 이기철. 너 뭐야. 왜 그래?"

나는 내 어깨를 잡은 찬의 손을 쳐내고 뚜벅뚜벅 갔다.

영화 같잖아.

그녀와 나, 나와 하찬, 그리고 조연은 영일, 마치 슬픈 영화처럼 느껴졌다. 나는 입술을 깨물었다.

"나 못 해."

땅을 보고 앞서 걸으며 크게 말했다.

찬은 달려와서 돌려차기로 나를 넘어뜨리고 배 위에 올라앉아 주먹질해 댔다. 여학생들이 소리를 지르며 뛰어갔다. 울지 않으려 애쓰며 영일은 애원했다.

"찬아, 그만해. 기철이 얘가 글만 좀 쓰지 머리는 나쁜데 더 나빠지겠어. 기철이, 빨리 쓴다고 해. 나도 도울게."

"싫어."

눈을 질끈 감고 맞아 가면서도 나는 굽히지 않았다.

"내가 이런 얘기까지 않으려고 했는데, 우리 아빠가 너희 아빠 맘에 안 든다고 했거든. 아마 곧 자를 거야, 알아?"

나는 찬이 내뱉는 말에 눈을 번쩍 떴다.

"이번에 잘되면, 내가 우리 아빠한테 말해서 너희 아빠 계속 일하게 해줄게."

찬의 입에서 나온 나의 아버지.

항상 격려하는 눈빛으로 나를 바라보시는 아버지. 아버지가 나를 실망한 눈으로 보신다면 너무 슬플 것 같아 아버지를 실망하게 하지 않으려 애쓰며 살았다. 아버지가 미소 지으시는 모습을 보면 내 마음에 알 수 없는 무언가가 꽉 차는 느낌이었다.

"찬아, 진짜야?"

영일은 찬에게 물었다.

"진짜지. 자식아."

찬은 나를 노려보며 입만 달싹였다.

영일은 나를 일으켜 세우면서 속삭였다.

"기철아, 내가 도와줄게. 한다고 해, 응?"

턱없는 협박이지만 나는 혹시라도 아버지가 직장을 잃고 슬퍼할까 마음이 아팠다. 나는 입술이 굳어져 아무런 말도 할 수 없었다. 나는 아버지를 생각하며 멍하니 앉아 있었다.


성심여중 진입로 큰길 건너편의 공터로 우리가 갔을 때는 해가 뉘엿뉘엿 지고 있었다. 찬은 지는 해를 등지고 발끝으로 땅바닥을 툭툭 찼다. 영일은 나와 찬을 번갈아 보며 불똥이 튀지 않을까 눈치를 봤다. 나는 쌓아둔 시멘트 블록 위에 걸터앉아 깊은 생각에 빠져들었다.

잊었다고 생각했는데 잊어버린 게 아니었다. 기억의 방에는 상자가 있나 보다. 진짜 중요한 기억들만 넣어 두는. 그런 일이 있었다는 것조차 잊고 있을 때 기억은 상자를 스스로 열고 나와 기억의 주인인 나를 놀라게 했다.

초등학교 3학년이었던가. 학교에 새 놀이터가 생겨 아이들이 줄을 서서 그네를 타는데 나를 끼워 주지를 않았다. 새로 전학 온 데다, 키도 작아서 그랬는지. 줄을 서도 내 차례가 되면 더 큰 남자애들이 날

밀쳐내고 못 타게 했다. 몇 번 그렇게 당하는 걸 지켜보던 키가 크고 마른 여자애가 있었다. 내가 올려봐야 할 정도로 키가 큰 그 애는 얼마나 남자애들 같이 놀았는지 땋았던 긴 머리는 헝클어지고 옷은 다 구겨져 있었다. 그리고 그 당시 돈 많은 집 애들만 신을 수 있는 반짝이는 구두를 신고 있었다. 물론 그 구두는 흙이 잔뜩 묻어 있었지만.

그 여자애가 내 앞에 서더니 나를 밀어내는 남자애들에게 따졌다.

"너희들, 왜 그래? 애 차례잖아."

남자애들이 놀려댔다.

"너 저 꼬마애 여자친구냐? 얼레리 꼴레리."

그때, 그 여자애는 한쪽 구두를 벗어서 나를 가장 괴롭히던 머리 큰 남자애 머리를 정통으로 맞혔다.

으악, 그 남자애는 머리를 감싸 쥐고 쓰러지고 여자애는 다시 구두를 들고 서 있었다.

"너희들, 덤벼 봐. 똑같이 저렇게 될 거니까."

남자애들은 멈칫멈칫 서로 눈치만 보고 있는데, 머리 큰 남자애가 일어나서 여자애에게 덤벼들었다.

"이 계집애, 가만 안 둬."

무슨 일이 일어난 걸까. 여자애에게 달려들던 머리 큰 애는 어느새 내 앞에 쓰러져 있었다. 여자애는 손에 구두를 든 채 살짝 몸을 옆으로 돌리고 서 있었다. 아마, 그 구두로 남자애 배를 가격해 넘어뜨린 거 같다. 남자애가 배를 움켜쥐고 뒹굴고 있던 것을 보면. 눈 깜짝하는 순간에 일어난 일이다.

"또 덤벼봐. 너희도 다 저렇게 될 거야."

머리 큰 남자애는 아직도 일어나지 못하고 있었다. 남자애들은 덤비지 않았고, 머리 큰 남자애를 부축해서 그 자리를 떠났다.

"정말 비겁해. 여러 명이 한 명을 괴롭히고."

여자애는 떠나는 애들의 등에 대고 말하더니 나를 돌아보고 웃었다.

"그네 타."

나는 그네를 타는 대신, 휙 돌아 달아났다. 왜 그랬는지 나는 모른다. 그 후로 그 애를 한두 번 보긴 했지만 친해질 일이 없었고, 어느 순간부터는 보지 못했다.

까맣게 잊었다고 생각했는데 지금 그 애는 찬이 좋아하는 여신이 되어 내 앞에 나타났다.

"걔가 뭐가 좋다는 거야?"

나는 벽돌 더미에 앉아 퉁명스럽게 내뱉었다.

"뭐? 너 뭐라고 했어? 내 여신님이 어디가 어때서?"

찬이 이런 모욕은 참을 수 없다는 듯 내 앞으로 다가섰다.

"안 예쁜 건 아닌데, 그렇게 어어어엄청 예쁜 건 아니잖아? 수수한 거 같던데."

영일은 화해 분위기를 만들고 싶어 끼어들었다.

"너희 죽고 싶어? 저 여신님이 풍기는 분위기 못 봤어?"

나는 분을 내는 찬을 가만히 바라보았다.

"너 진짜 재를 좋아하는 것 같은데 직접 써서 주지 그래?"

잠시 침묵하던 찬이 우울한 표정으로 말했다.

"내가 안 해봤겠냐? 안 받아주니까 그렇지."

"뭐라고 썼는데?"

영일이 의외라는 듯 물었다.

"내가 그걸 너희한테 왜 말해?"

"들어 봐야 문제점이 뭔지 알고 고치지."

영일의 말에 찬이 가방에서 공책을 주섬주섬 꺼냈다.

"내가 보내기 전에 연습했던 거야."

먼저 받아 읽은 영일이 풋 하고 웃었다.

찬은 다시 주먹을 들었다.

"너 죽을래?"

"왜 그러는데?"

호기심이 동한 나는 공책을 빼앗아 보았다.

공책에는 삐뚤빼뚤한 글씨로 요점을 명확히 담은 글이 적혀 있었다.


나의 여신, 소혜님.

당신은 정말로 이뻐요.

나랑 우유 한 잔 어때요?  빵은 소혜님이 고르세요.

토요일 오후 2시 이성당에서 만나요.


– 하찬

그 애 이름이 소혜인가 보다. 나는 찬의 순수함에 살짝 미소를 지었다.

"그래서, 소혜가 나왔어? 이성당에?"

나는 키득, 웃음을 숨기고 물었다.

찬은 고개를 절레절레 젓다가 갑자기 정색했다.

"너 감히 내 여신님 이름을 불러?"

분위기 조절자 영일이 얼른 찬에게 물었다.

"잠깐, 잠깐. 네가 쪽지 줬던 거야?"

"아니, 내 밑에 애들이 얼마나 많은데 내가 했겠냐?"

"그래서 이 여신님이 너 알아? 보기는 한 거야?"

"이거 전해 줬던 애가 그러는데 읽어 보고는 국어 공부나 더 하라고 했대. 제대로 써 오면 그때 생각해 보겠다고."

영일이가 나에게 속삭였다.

"완전히 까인 거네. 제대로 써도 안 될 것 같은데?"

"정보에 의하면, 여신님은 진실한 사랑을 꿈꾸고 있대. 또 마음이 사르르 녹는 글을 좋아한다는 거야. 그런 연애편지를 내가 써 드리겠다는 거지, 너를 통해서."

찬이 손가락으로 나를 가리키며 희망찬 미소를 짓지만, 나는 무표정하게 말했다.

"나 그렇게까지는 못 쓸 거 같은데."

"야, 우리 아빠가 날 뭐라고 부르는 줄 알아? 우리 귀염 포동 막둥."

"에? 킬킬킬."

찬의 입에서 쏟아져 나오는 말에 영일이가 빵 터졌다.

옆의 블록공장 나무 벽을 찬은 주먹으로 강타하고, 나무 벽이 부서졌다. 강한 타격 소리가 오랫동안 공기 중에 울려 퍼졌다. 나와 영일은 황급히 얼굴에서 비웃음의 흔적을 지웠다.

"그게 무슨 뜻이겠어. 울 아빠가 젤 좋아하는 아들이 바로 나란 뜻이지. 네 아빠 일도 잘 처리해 줄 수 있다는, 뭐 그런 거야."

"기철이는 잘할 수 있어. 찬아, 아무 걱정 마, 그치 기철아?"

영일은 나와 찬을 번갈아 보며 눈치를 살폈다.

나는 입을 꾹 다물고 어둑해진 하늘을 바라보았다. 져 버린 해의 붉은 흔적이 아직은 희미하게 남아 있었다. 얼마나 지났을까. 나는 마침내 입을 열었다.

"한번 해 볼게."

# 무궁화 꽃이 피었습니다

"가위, 바위, 보."

다혜와 성철이가 주먹을, 도승이와 내가 가위를 냈다.

경주는 첫 번째로 이겨 어디로 숨을까 하고 골목 여기저기를 둘러보고 있었다. 이제 도승이와 나만 남았다. 도승은 팔을 비틀어 깍지를 꼈다. 도승은 팔을 바짝 치들어 깍지에 생겨난 구멍을 들여다보고 있다. 나도 깍지를 들여다보았다. 세모가 보였다. 세모일 경우는 가위를 내면 된다. 도승과 나는 주먹을 쥐고 서로 바라보았다. 기분이 묘했다. 구름이 해를 가리며 골목길이 어두워졌다. 내가 질 것 같았다.

"가위, 바위, 보."

나는 주먹을 도승이는 보를 냈다. 가위를 내려고 했는데 주먹을 내버린 것이다. 내가 친 깍지 점은 가위였는데 왜 주먹을 내버린 것일까? 어찌 됐든 내가 술래가 되었다. 구름이 더 모여들어 골목은 더 어두워졌다.

"무궁화 꽃이 피었습니다"

전봇대에 손을 얹고서 손등에 얼굴을 대고 나는 '무궁화 꽃이 피었습니다'를 여섯 번째 외치고 있었다.

"으악!"

그때 비명이 들렸다. 벌레나 보고 지르는 비명 따위가 아니었다. 진짜로 귀신을 보았거나 사람의 사체를 보았을 때 지를 만한 비명이었다. 내 심장은 공포로 오그라들었다.

"아아악!"

비명은 끝없이 골목에 울리고 있었다. 나는 비명이 나오는 곳으로 부리나케 뛰었다. 숨어 있던 도승이, 성철이, 다혜가 튀어나와 내 뒤를 쫓아왔다.

탱자나무 울타리에 쭈그리고 앉아 경주가 눈물을 줄줄 흘리며 비명을 지르고 있었다. 경주는 몸서리치며 비명을 그치지 않고 있었다. 나는 경주의 두 손을 꽉 잡았다. 경주의 두 손은 바들바들 떨고 있다. 친구들이 영문모를 공포에 휩싸여 경주를 불러댔다.

경주야, 경주야, 하고.

나는 경주 손을 꽉 잡아 끌어당겼는데 경주는 그 자리에 박힌 듯 끌려오지 않았다.

경주는 사시나무처럼 떨며 눈으로 자신의 발목을 가리켰다. 피가 흐르는 쭈글쭈글한 손이 경주의 발목을 꽉 움켜잡고 있었다. 나는 그 피가 흐르는 손을 잡아 떼어 내려고 했지만 쭈글쭈글한 손이 어찌나 힘이 세던지 경주의 발목에서 떨어져 나가질 않았다. 도승과 성철까지 합세하여 낑낑대며 힘을 쓰자 탱자나무 울타리에서 어떤 할머니가 끌려 나왔다. 얼굴은 온통 피투성이고 팔과 다리도 피투성이였다. 비쩍 마른 작은 몸에 백발의 쪽 찐 머리가 풀어져 얼굴을 덮고 있었다. 눈알이 희번덕거렸다.

"귀신이다!"

다른 친구들은 기겁하며 도망쳤다.

"오빠, 어디 갔었어?"

경주의 발목을 놓지 않고 귀신 할머니가 쇳소리를 냈다.

"놓아주세요."

경주가 눈물을 흘리며 애원했다.

"오빠, 이제 놓지 않을 거야."

"오빠 아녜요."

경주는 훌쩍훌쩍 울었다.

"오빠 좋아하는 부엉이 노래 불러줄게. 가지 마. 우으흥, 우흥."

"나다!"

내 외침에 할머니가 모든 것을 멈추고 나를 바라보았다.

"내가 네 오빠다!"

나는 그 전화 속 이상한 할머니가 생각나서 얼른 내가 오빠라고 했다. 귀신 할머니가 전혀 믿기지 않는다는 얼굴이었다. 역시 통하지 않나 보다. 어떻게 경주를 구할지 머리를 굴리는 중인데 갑자기 으스스한 바람이 불었다. 나는 마법에 걸린 건지 몸을 움직일 수가 없었다.

할머니는 소름이 끼치도록 묘한 표정을 지으며 경주의 발목을 놓았다. 그러더니 벌떡 일어나며 나를 와락 끌어안았다.

"오빠, 왜 이제 왔어."

나를 번쩍 안은 할머니는 내 몸을 마구 흔들어댔다. 그 작은 몸 어디서 그런 힘이 나오는지 알 수 없었다.

"순애는 오빠가 너무 보고 싶었쪄."

할머니 이름이 순애인가 보다. 어색하게 대롱대롱 매달린 채 나는 여기저기 구경하느라 늦었다고 말을 하려던 참이었다.

"이 할망구야!"

누군가가 달려와서 귀신 할머니를 떼어 냈다. 우리 할머니였다.

"이 노망난 할망구가 누구 손자를 건드는 거야?"

할머니와 엄마가 시장을 다녀오시다가 나를 본 것이다.

나는 할머니 허리를 감싸고 서서 귀신 할머니, 아니 치매 할머니를 보았다. 경주는 손등으로 눈물을 닦으며 치매 할머니를 째려보았다. 도망치다가 돌아온 도승과 성철, 다혜는 경주에게 미안하다고 했다. 경주는 원망의 눈초리로 보고는 새침하게 괜찮아, 라고 했다.

치매 할머니가 피투성이가 된 것은 온통 가시인 탱자나무 울타리에 들어가서는 나오기 위해 바둥대다가 가시에 온몸을 할퀸 것이다.

나는 엄마에게 할머니 집 전화번호를 안다고 했다. 엄마가 그 집에 전화하자, 나이 지긋한 아저씨가 와서 치매 할머니를 데리고 갔다. 할머니의 아들로 보였다. 그들이 돌아간 후에 엄마는 전화번호를 어떻게 알았느냐고 무섭게 물어보셨다. 나는 혼날 것을 각오하고 사실대로 말했다.

그날 이후 우리 집 빨간 전화기는 수화기만 들 수 있게 만들어진 나무통으로 들어갔다. 열쇠는 엄마가 늘 가지고 다니셨다.

# 그녀는 예의 바르다

그날 이후 매일 찬은 편지를 썼는지 물었다. 오늘은 나를 너무 몰아대니까 보다 못한 영일이 끼어들었다.

"명작, 고것이 그렇게 쉽게 태어나는 건 아냐."

찬은 당황한 듯 눈을 굴리다 주먹으로 책상을 탕 쳤다.

"여기서 명자가 왜 나와! 누가 우리 엄마 이름을 함부로 불러!"

어이가 없는 나는 찬의 얼굴을 보다 찬의 주먹이 놓여 있는 책상을 보았다. 살짝 금이 가 있었다. 찬의 주먹은 책상 위에서 부들부들 떨리고 있었고 난 책상의 금이 더 커져서 쪼개지는 건 아닌지 지켜보고 있었다. 그런데 거기에 뭔 액체가 뚝뚝 떨어졌다. 겁에 질린 영일의 눈물이었다. 눈물이 책상에 스며들어 검은 얼룩으로 남았을 때 찬이 끌고 다니는 애 중 하나가 찬의 귀에 뭔가 속삭였다. 찬의 눈이 똥그래졌다.

"그게 그런 것이야?"

찬은 급히 표정을 풀더니 내 어깨의 먼지를 털며 말했다.

"그렇게 열심히 쓰고 있었어? 하하. 알지, 나두. 명작 알지. 그래, 계속 잘 써 봐."


찬을 보내고 나는 영일과 함께 성당 앞을 지나고 있었다.

"난 껌을 씹으면 기분이 좋아져."

영일은 주머니를 뒤적이더니 쥬시후레시 껌을 꺼냈다.

"어, 하나밖에 없네? 어쩔 수 없군."

영일은 껌 은박지를 홀랑 까서 입에 넣으려고 하는데, 영일 손에 든 껌은 어느새 사라지고 없다.

"야, 너 왜 이래."

나는 껌을 입에 구겨 넣으며 말했다.

"기분이 좋아져야 할 사람이 나지, 너냐?"

황당한 표정으로 날 보던 영일이 선심 쓰듯 말했다.

"나보다는 네가 찬이한테 과도한 관심을 받고 있으니까 너의 도적질을 용서하마. 씹어라, 씹어."

나는 질겅질겅 껌을 씹었다.

"그렇다면 난, 차선책을 선택할 수밖에 없군."

영일은 껌을 또 하나 꺼내더니 껍질을 깠다.

"또 있으면서 그러냐."

내 말끝에 영일은 어느새 껌 종이를 내 눈앞에 들이밀었다. 민트 향 껌이다. 눈가에 힘을 팍 주더니 영일은 껌을 입에 집어넣으며 말했다.

"내가 좋아하는 건 쥬시후레시거든. 이건 비상용 껌이야. 쥬시후레시 없을 때 먹는 껌."

"난 다 똑같던데."

"쥬시 향과 민트 향을 구분 못 하다니. 아이고야, 그런 감각으로 무슨 글을 쓰냐."

껌을 씹다 보니 영일 말대로 기분이 나아졌다. 나는 풍선까지 불어 가며 신나게 껌을 씹었다.

"연애편지를 어떻게 쓰지? 내 연애편지도 써 본 적이 없는데 남의 것을 먼저 쓰다니."

난 다시 풍선을 만들었다. 금세 풍선이 퍽 터졌다.

"멋진 시를 베껴 쓰는 게 어때? 아마 눈치 못 챌걸."

"야, 어떻게 베껴 쓸 수가 있냐? 자존심이 있지."

나는 영일 등을 퍽 쳤다.

나와 영일은 말없이 껌을 씹으며 영일 집 근처까지 왔다.

"그럼, 난 이만 간다. 기타 연습해야 해."

영일은 손을 흔들고 집으로 갔다.

나는 골목에 혼자 남게 되자 생각에 빠졌다. 베끼는 건 안 돼도, 참고는 할 수 있겠지. 예술가 선배님들의 작품을 제대로 배워야 나만의 색깔을 찾을 수 있는 거야.

나는 발길을 돌려 서점으로 갔다. 서점은 남녀 학생들이 북적북적했다. 시집 코너에서 바이런 시집을 빼 들었다.

바이런?

‘어떻게 사랑하게 되었냐고 물으신다면’ 이라고?

이거다. 나에게 가르침을 주실 선배 예술가님이 바로 여기에 계셨다.

책을 펴는 내 손은 떨고 있었다.

어떻게 사랑을 시작하게 되었느냐?

그것을 내게 묻다니 가혹하군요.

수많은 눈길을 읽으시고도……

그대를 보는 순간 비로소 인생이 시작된 것을.

나는 비명을 지르고 싶었다.

아, 누가 내 살갗 좀 대패질해 줘. 강력한 닭살이 돋아 펴지질 않아.

나는 시집을 도로 책장에 꽂아 놓으려다 생각을 고쳐먹었다.

여자라면 이런 걸 좋아할 수도 있어.

도통 알 수 없는 게 여자라는 걸 어렴풋이 느끼며 다시 시집을 펼쳤다. 시의 뒷부분은 도통 뭔 말인지 모르겠다. 다른 시들이 이해가 되면 시집을 사려고 했으나 이해가 안 된다. 나는 수첩과 연필을 꺼내 내가 이해한 앞의 내용만 옮겨 적기 시작했다. 그때 어디선가 여자애들이 수군대는 소리가 났다.

“시집을 읽고 있네.”

“심지어 적기도 해. 난 남자애들은 짐승 같은 애들만 있다고 생각했는데.”

"그러게 말이야."

나는 우쭐해서 시를 읽고 수첩에 메모하는 척하다가 나를 주목하고 있는 여자애들에게 미소를 전해 보려 고개를 돌렸다. 그런데, 아! 여자아이들 뒤에 소혜가 있었다. 더구나 나를 빤히 보고 있다. 소혜와 눈이 마주친 순간 나는 숨이 멎었다. 아니, 심장이 부풀더니 빵 터졌다. 소혜의 눈으로 빨려 들어갈 것만 같았다. 이게 영원이라는 것일까. 심장이 다시 부풀어 올라 빵빵 터졌다.

소혜가 풋 웃더니 서점을 나갔다. 나는 시집을 아무 데나 내던지고 소혜를 따라 나갔다. 큰길을 따라 한참 걷던 소혜는 작은 골목으로 들어갔다. 이리저리 걷던 소혜는 다른 종류의 책방에 들어갔다. 만화방이었다. 나도 따라 들어갔다. 소혜는 만화방이 자기 집인 것처럼 익숙하게 이 책장 저 책장에서 신속히 책을 꺼냈다. 탁자에 엄청나게 쌓아 올린 무협지를 들고 계산대로 갔다.

"아저씨, '내 주먹이 슬프다' 들어왔어요?"

"안 들어왔는데."

"독서에 대한 내 열망을 신은 정녕 모르시는 걸까. 왜 이렇게 안 들어와요?"

"아이고, 소혜야, 이것만 봐도 며칠 걸리겠다."

아저씨는 소혜가 탑처럼 쌓은 무협지들을 보며 말했다.

"그래도 그게 젤 재미있는데."

소혜는 자리에 앉아서 무협지를 읽기 시작했다.

나는 책방 저쪽에서 책 하나로 얼굴을 가리고 소혜를 관찰했다. 심각한 표정으로 첫 장을 펴더니 이야기의 흐름에 자신을 맡긴 것 같았다. 그러더니 갑자기 크게 낄낄거리고, 쿡쿡대고, 난리였다. 그러다 신발을 벗고 척, 책상다리하는데 치마가 올라가더니 허벅지가 보일락말락 했다. 심지어 소혜가 무릎을 치며 웃을 때는 치마가 펄럭펄럭하며 허벅지가 살짝살짝 보였다. 으악. 나는 눈을 질끈 감았다.

나는 여기저기 둘러보았다. 이 만화방은 남자들만 그득하다. 다행히 아직은 소혜의 허벅지를 본 사람은 없다, 나밖에는. 이를 어쩐다. 다른 남자에게 소혜의 허벅지를 보이고 싶지 않았다. 어, 어, 저 남자, 만화책에서 눈을 들더니 소혜 허벅지에 시선이 딱 꽂혔다. 안 돼!

나는 달려가 소혜 옆에 딱 앉았다. 그리고는 내 교복 윗도리를 서둘러 벗어 소혜 무릎에 놓았다.

"너 뭐야?"

소혜의 낯빛이 변했다. 나는 눈짓으로 소혜 허벅지를 가리켰다.

"어머머, 너 변태야?"

사람들의 시선이 나에게 꽂혔다. 만화방 아저씨가 달려왔다.

"야, 너 뭐야. 왜 이 여학생 괴롭혀?"

"아, 아니에요."

나는 몸동작과 음성언어 모두 동원해 억울하다는 사연을 아무리 전하려 해도 먹히질 않았다.

"이 땀내 나는 윗도리 치우고, 당장 나가!"

아저씨가 삿대질하며 지르는 소리로 만화방이 다 흔들렸다.

내가 들고 있는 만화책을 보더니 소혜가 아저씨에게 일렀다.

"아저씨, 얘 이거 계산도 안 하고 본 거 같아요."

"그, 그게 아니라요."

내가 미처 변명하기도 전에 아저씨가 내 귀를 잡아당겼다.

"아니긴 뭐가 아니야. 보자 보자 하니까. 너 같은 변태들 때문에 여학생들이 만화방에 오질 않잖아."

"아저씨, 저 사람이 이 학생 다리 쳐다보길래 덮어 준 거예요."

내가 소혜 앞자리의 남자를 가리키는 순간 조용해졌다.

아저씨가 그 남자를 보더니 물었다.

"당신 진짜요?"

"아, 아니에요. 이 학생 진짜 이, 이상하네. 에이, 재수 없어."

말을 더듬대던 그 남자는 얼굴이 빨개지더니 욕을 마구 하면서 허겁지겁 밖으로 나갔다.

"맞나 보네. 미안해, 학생."

아저씨는 내 귀를 놓으며 멋쩍은 듯 말했다.

"소혜야, 앉을 때 조심 좀 해라."

아저씨가 계산대로 가면서 내게 다정하게 말했다.

"학생, 그 만화책 본 거는 공짜로 해줄게."

나는 시선을 앞 의자 모서리에 고정한 채 소혜 앞에 서 있었다. 어색함이 흘렀다. 1초, 2초, 3초.

"그럼, 난 이만."

나는 더 견딜 수가 없어서 뛰듯이 돌아나갔다.

"잠깐. 같이 가."

나는 멈췄다.

"아저씨, 이거 못 본 건 다음에 와서 볼게요. 총 18권이에요. '왕이 돌아왔다' 3권부터 13권이랑, '마지막에 웃은 건 나' 1권부터 7권까지."

소혜는 가방을 챙기더니 멈춰 선 내 앞에 와 섰다.

"가자."

소혜의 머리는 내 가슴께에 왔다. 그때는 그렇게 커 보였던 아이가 지금은 이렇게 작고 귀여운 생명체로 내 곁에 있다. 소혜가 내 앞을 지날 때, 나의 코에 살짝 감기는 향기에 나는 정신을 잃을 지경이었다.

"어, 알았어."

간신히 정신 차리고 나가는데 누군가 말했다.

"학생 좋겠어. 데이트 잘해."

"부럽네."

나는 좋아서 웃음이 나오는 것을 참으려 입가를 씰룩였다.

"그런 거 아니에요."

만화방에서 나오니 가방을 멘 소혜가 발로 땅에 글자를 쓰고 있었다.

나는 용기를 내어 입을 열었다.

"안녕."

소혜가 피식 웃었다.

"우리 빵 먹으러 갈래?"

"머?"

"가자."

소혜가 성큼성큼 앞서 걸어갔다.

그때는 그렇게 힘이 세고 어른같이 보이던 소혜인데, 지금은 어쩌면 이렇게 귀엽고 사랑스럽게 변했는지.

내가 지금 무슨 생각을 하는 거야! 나는 스스로 놀라며 멈춰 섰다. 하지만 곧 저만큼 가고 있는 소혜를 보고 나는 어느새 해죽대며 그 애가 있는 곳으로 달려갔다.

나는 소혜가 먼저 들어간 이성당 빵집 간판을 올려다보았다.

여기는 찬이 소혜에게 만나자고 했던 그곳인데.

이래도 되는지, 혹시라도 찬을 만나면 어쩌지 하고 마음이 불편했다. 유리창을 통해 보니, 소혜는 이미 자리를 잡고 빵집 아줌마와 한창 이야기 중이었다.

미리 이성당에서 소혜와 빵을 먹어 봐야, 여기가 정말 찬과 소혜가 만나기 적절한 장소인지 확인할 수 있지. 이건 다 확인차 하는 거야.

소혜가 나를 보고 들어오라 손짓했다. 그녀의 우아한 손짓을 본 나는 빛에 이끌리는 나방처럼 빵집으로 들어갔다.

"난 크림빵. 넌 뭐 먹을래?"

"네가 사주게?"

나는 농담을 건넸는데, 소혜는 시원하게 대답했다.

"그래, 누나가 산다."

"네가 왜 누나야? 그리고 네가 왜 사? 나 돈 있거든."

나는 발끈하며 주머니에서 지갑을 꺼내 열어 보이는데 동전만 몇 개 있다.

"내가 오늘 책을 사느라 돈을 다 써서 그런 거야."

나는 자신감이 확 꺾여 목소리가 작아졌다.

"짜식, 귀엽기는."

소혜는 팔을 길게 뻗어서 내 머리를 헝클어뜨렸다.

"하지 마아."

나는 살짝 피했다.

"어쭈, 피해? 그래서 먹을 거야, 안 먹을 거야?"

"난 곰보빵."

소혜는 나를 보고 말하는 것도 귀엽네, 하며 한쪽 입가를 올리며 웃었다.

귀엽기는 누가 귀엽다는 건지. 나는 이해할 수 없었다. 자기야말로 장난꾸러기 새끼 사슴같이 귀여우면서 말이다.

사슴 같은 소혜는 빵집 아줌마 쪽으로 몸을 돌리더니 주문했다.

"크림빵 네 개, 곰보빵 두 개요. 우유도 두 잔 주세요."

"소혜가 남학생하고 왔구나. 살다 보니 이런 날도 있네."

"네, 제가 누나예요."

"그래? 남학생이 키가 훌쩍 큰데, 동생이구나."

"누나 아닌데."

나는 작은 목소리로 중얼거렸지만, 아무도 듣지 못했다.

아줌마는 빵을 담으며 우유를 두 잔 따라서 건넸다.

"맛있게 먹어요. 좋은 누나가 사주는 거니까."

접시에 수북이 담긴 빵이 먹음직스럽다. 이렇게 귀여운 여자애는 이슬만 먹고 사는 게 아닌가 의심스러울 정도인데 왜 이렇게 많이 시킨 건지 도통 모르겠다. 돈이 많이 들 것 같다.

"무슨 빵을 이렇게 많이 시켰어?"

"난 예의가 발라."

소혜는 그것도 모르냐는 눈길로 나를 쳐다보았다. 새침한 그녀의 표정에 나는 또다시 떨렸다.

"예의가 발라서 나한테 넉넉히 사준다는 것? 그런데 네가 주문한 크림빵이 네 개고 내가 주문한 곰보빵은 두 개잖아."

그녀는 사슴 같은 눈망울로 나를 똑바로 보고 계속 말했다.

"크림빵에 대한 예의야. 크림빵과 난 긴밀한 관계거든. 네 개는 시켜 줘야, 크림빵이 자기가 얼마나 사랑받고 있는지 알 거 아니야. 행동으로 증명하는 사랑, 이게 진정한 사랑이지."

이 무슨 외계어 같은 소리인가. 나는 눈이 휘둥그레졌지만 암말 하지 않았다.

"곰보빵한테는 예의 안 차려도 돼?"

"난 최선을 다한 거야. 난 곰보빵 안 먹는데 네가 먹는다니까 나도 하나쯤은 먹기로 함으로써 예의를 지켰지."

내가 물었다.

"넌 크림빵 네 개에 곰보빵 한 개를 먹고, 난 곰보빵 하나 먹는 거야?"

"노, 노, 노. 내가 언제 크림빵 네 개를 먹는다고 했어? 네 개를 '소

52

유'하겠다는 거지. 내가 소유한 것은 내가 원하는 대로 할 수 있지."

그건 또 뭔 소리인지 당최 알아들을 수 없는 내가 고개를 갸우뚱하자, 그녀가 탁자를 '탁' 쳤다.

"거 참, 답답하네. 나는 소유자니까 네게 크림빵 두 개 주겠어. 지금 먹을 거야, 안 먹을 거야?"

"그, 글쎄. 잘 모르겠는데."

"그럼 싸 가. 소유자로서의 제안이야. 이제부턴 너도 소유자야. 우리 둘 다 소유자네."

외계어 같은 말만 하는 소혜를 찬은 왜 여신이라 하는지 나는 당최 알 길이 없었다. 그런데 그녀에게는 뭐라 반박할 수 없는 기이한 힘이 있다. 나는 고개를 끄덕이며 곰보빵을 포크로 찍었다.

"잘 먹을게."

소혜가 크림빵을 두 손으로 들고 크게 입을 벌려 한입 베어 물었다. 입에 한가득 빵을 넣고 오물오물 씹으니 볼록한 두 볼이 너무 귀여웠다. 나는 포크를 든 채 그녀가 먹는 모습에 정신이 팔렸다.

저렇게 사랑스럽게 먹을 수도 있나?

다섯 살 여동생 오덕이가 먹을 때도 귀엽다는 생각을 하지 않았는데 다 큰 여자애가 이렇게 귀엽게 먹을 수 있다니. 나는 멍하니 소혜를 보고 있으려니 그녀가 손짓으로 내게 어서 먹으라는 시늉을 했다. 나는 정신이 퍼뜩 들어 포크에 꽂힌 곰보빵을 크게 베어 먹었다. 두 볼이 빵빵해진 나와 소혜는 열심히 빵을 씹는 서로를 보고 킥킥 웃었다.

그때, 찰칵 소리와 함께 바닥에 가방 떨어지는 소리가 났다.

"그림 좋은데?"

껌을 씹으며 비아냥거리는 목소리의 주인공은 찬의 끄나풀인 록수였다. 카메라를 빙빙 돌리며 묘기를 부린다. 며칠 정학을 맞아 안 보이더니 여기서 만나게 됐다.

"어이, 거기 나 알지? 지난번에 쪽지 줬잖아, 내가."

나는 놀라서 빵 씹다가 숨을 죽였다. 소혜는 천천히 빵을 다 씹어 넘기더니 우유까지 마시고는 대답했다.

"무슨 쪽지? 나 거기 모르는데? 나한테 얘기하는 거야?"

소혜는 고개를 두리번거리기까지 했다.

"왜 모르는 척해. 지난번에 쪽지 줬잖아."

성을 버럭 내며 록수는 눈을 부라렸다.

"난 받은 적 없는데?"

소혜가 눈을 똥그랗게 뜨며 말했다. 천진한 두 눈을 보니 진짜 받은 적이 없는 거 같았다. 나는 소혜와 록수를 번갈아 보았다. 나는 어떻게 된 것인지 궁금해졌다. 찬이 나에게 보여준 것은 쪽지에 옮겨 쓰기 전 공책에 연습한 거였으니까. 진짜 전달이 안 된 건가?

"내가 너한테 직접 줬잖아."

눈빛이 흔들리는 록수가 중얼거리듯 말했다.

"아니야. 쪽지 주고 싶은 거 있으면 다시 써서 줘."

소혜는 차분히 말했다.

"네가 이런 착각 했다고 해서 네게 나쁜 감정이 생긴 건 아니야. 언제든 다시 써서 줘. 잘 읽어 볼게."

"그, 그게, 그게 내가 쓴 게 아니라 전달하는 거였는, 아니다. 다음에 봐."

빵집을 뛰어나가는 록수의 뒷모습을 바라보던 소혜가 입을 열었다.

"뭣 같은 게 까불고 있어. 빵 맛 떨어지게."

나는 귀를 의심했다. 이런 거친 말을 서슴없이 내뱉다니.

"너 진짜 쪽지 안 받았어?"

"너까지 왜 이래? '쪽지 받고 안 받고'가 뭐가 그렇게 중요한데?"

소혜는 알 수 없는 얘기를 하더니, 나를 노려보았다.

"너 뭐 재미있는 얘기 없어?"

먹이를 찾아 헤매는 맹금류의 눈빛이었다.

"엉?"

"빵 맛 다시 살릴 얘기 없냐고."

이럴 때일수록 침착하게 한 방 터뜨려야 한다. 나는 의자에 등을 기대 한껏 몸을 뒤로 젖혔다. 또, 팔을 죽 뻗어 옆 의자 등받이 위에 올렸다. 다리를 꼬고 빵이 아직 반쯤 남아 있는 포크를 하늘을 향해 찌르고는 소혜를 지그시 바라보며 말했다.

"오빠가 말이야, 홍콩에서 배만 들어오면 소혜에게 빵집 하나 차려줄게. 핫, 핫, 핫."

아주 멋들어지게 영화배우 허장강 흉내를 냈다. 그런데 웬걸, 배꼽 빠지게 웃어야 했을 소혜가 나를 노려보았다. 한참 싸한 분위기 끝에, "그게 다야?" 소혜의 말투가 매서웠다.

"이, 이거 학교에서 했을 땐 애들이 엄청 웃었는데, 하하하."

"남은 빵 못 먹겠네."

소혜가 팔짱을 꼈다. 나는 불안했다.

"그럼 이거, 내가 이번에 잡지에 사연 보내서 뽑힌 건데, 들어볼래?"

나는 밝게 말했다.

"한번 해 봐."

소혜는 팔짱 낀 채 무심한 듯 말하지만, 표정이 나쁘지 않았다.

제대로 한번 해봐야겠다, 결심한 나는 두 펜팔 남녀의 사랑 이야기를 시작했다. 귀 기울여 듣던 소혜가 팔짱을 풀고 벌떡 일어났다.

"나 이 얘기 알아. 남자랑 여자가 너무도 사랑하게 되고, 첫눈이 오는 날 영등포역에서 만나기로 했어. 남자는 설레는 맘으로 벤치에 앉아 있지만, 아무도 오지 않았지. 그렇게 밤이 가고 동이 터오자 조용히 일어나 떠나는 이야기! 맞지?"

나는 고개를 끄덕였다. 소혜는 흥분하여 앉지도 않고 나를 내려다보며 계속 말을 이어갔다.

"나중에 한 통의 편지가 남자한테 오지. 그 여자 언니가 보낸 거야. 그 여자의 일기장과 함께. 그 여자는 첫눈이 오는 날 사실 그곳에 있었어. 불치의 병에 걸려 있었기에 차마 그 골목에서 나오지 못하고 벤치만 바라봤지. 그 여자도 밤새 눈을 맞아 병이 심해지고 결국엔 죽고 말아. 이 내용은 일기에 있었고, 그걸 읽은 언니가 이 남자에게 보내준 거잖아."

내가 할 이야기를 소혜가 다 하자, 놀랍기도 해서 말없이 소혜를 보고만 있었다.

"학원지 맞지? 우리 반 애들이 학원지에 실린 사연 읽고 다들 울었어. '나는 눈물을 흘리지 않았다'라는 그런 거짓말은 하지 않겠어. 그 사연을 읽다 보니 내 볼에는 눈물이 흐르고 있더라. 영어 숙제하던 공책은 젖어 잉크가 다 번졌었어. 글자의 형체를 알아볼 수조차 없어 다시 숙제하고, 하다 보니 또 눈물이 나는 거야. 또 젖어서 또다시 숙제해야 했고."

소혜가 눈가를 찍어 누르더니 촉촉해진 눈으로 나를 바라보았다.

"그 사연 주인공이 너였다니."

나는 마음이 무거워졌다. 사연을 보내 뽑히기는 했지만, 그 사연의 주인공은 내가 아니라 상상의 인물이다. 나는 소혜의 눈물 젖은 눈동자를 보며, 그 이야기는 지어낸 거라고 차마 이야기할 수 없었다. 저 소녀에게 실망을 안길 수는 없는 일이었다.

"으, 으, 응."

나는 더듬더듬 대답하는데, 소혜가 나에게 박수를 보냈다.

"넌 완벽히 해냈어."

"뭘?"

"난 지금 빵을 먹고 싶은 욕망에 휩싸이고 있어. 내 발가락부터 발등, 무릎을 지나, 내 허벅지, 그리고 배, 가슴을 지나 목에까지 꽉 찼다고. 지금 내 혀와 이가 강력한 메시지를 보내고 있어. 얼른 빵을 욱여넣어. 먹어, 먹으라고! 난 지금 단 크림이 엄청 땡겨. 이렇게 입을 벌려서 빵을 넣을 거야!"

소혜는 두 손으로 빵을 움켜쥐더니 크게 벌린 입에 쑤셔 넣었다. 저렇게 입이 커질 수 있나. 내 눈도 덩달아 커졌다. 양 볼이 터질 듯 빵을 씹고 있는 저 소녀는 분명 여신은 아니었다. 그녀는 마녀였다. '리드미컬'하게 움직이는 양 볼을 보고 있자니 나는 마치 마법에 걸린 것 같았다.

'귀여, 귀여, 귀여, 귀여워. 정말 귀여워.'

나의 눈은 그녀 볼의 움직임에 따라 같이 움직였다.

진짜 사랑스러워.

나는 나도 모르게 손등으로 그녀의 볼을 살짝 건드렸다.

"왜? 뭐 묻었어?"

소혜가 우물거리며 볼을 자기 손등으로 쓱쓱 닦았다. 나는 소스라치게 놀랐다. 내가 뭘 한 거지? 내가 미쳤나?

나는 얼른 이 상황을 무마하려고 변명을 했다.

"어, 얼굴에 크림이 묻어서."

"그래? 고마워. 내가 좀 묻히고 먹긴 하지."

그녀가 웃으며 다시 크림빵을 먹었다.

"진짜 맛있다. 내가 소유한 크림빵은 다 먹었는데 지금은 곰보빵이 먹고 싶진 않거든. 네 크림빵 하나랑 바꿔 먹어도 될까? 네가 소유한 크림빵 중 하나 말야."

"그냥 다 먹어도 돼."

나는 빵 접시를 얼른 소혜 쪽으로 밀었다.

"아냐, 너도 달콤하고 느끼한 크림의 맛을 경험해야지."

소혜는 크림빵 한 개를 집더니 남은 크림빵과 곰보빵이 담긴 접시를 다시 내 쪽으로 밀었다. 그리고는 방긋 웃어 주었다. 그때 빵집 스피커에서 '로보'의 노래가 흘러나왔다.

"나 이 노래 좋아하는데."

그때, 나는 초자연적 경험을 했다. 소혜가 스피커 쪽으로 고개를 돌리자, 묶여 있던 그녀의 머리가 풀리면서 좌르르 옆으로 펼쳐졌다. 나는 숨조차 쉬지 않았다. 시간이 천천히 흐르는 것이 분명했다. 나는 그녀의 윤기가 흐르며 빛나는 머리칼을 한 올 한 올 다 볼 수 있었고, 그녀의 체취가 내 존재를 덮는 것을 느낄 수 있었다.

"너 괜찮아?"

소혜의 얼굴이 내 바로 앞으로 와서 내 눈을 들여다보았다. 나는 놀라서 그 자리에서 일어났다.

나는 속으로 중얼거렸다.

"마녀다, 마녀."

"뭐? 마녀? 마녀가 어디 있어?"

소혜가 두리번거리며 물었다. 이런, 속으로 중얼거리지 않았다. 입 밖으로 튀어나온 것이었다.

"아, 아냐. 나 가봐야겠다."

"이기철, 이 빵 나눠서 싸가자. 아줌마, 이거 싸 주세요."

소혜는 자기는 곰보빵을 챙기고 내게는 크림빵을 건넸다. 곰보빵은 자기가 집에 가서 경험해보겠다며 결의에 찬 표정까지 지었다.

"기철아, 이번 토요일 오후에 시간 있어?"

"왜?"

"내가 우리 학교 신문기자거든. 이번 학원지 사연의 주인공 인터뷰를 실으면 엄청 아이들이 좋아할 거야."

"뭐?"

"시간 돼?"

"거기 여중 아니야? 남자 이야기 실어도 돼?"

"그런 게 어디 있어. 간단한 질문 몇 가지에 대답해 주면 돼."

나는 잠깐 고민하다 깨달았다. 이렇게 아름다운 존재를 다시 만날 하늘이 준 기회라는 것을.

"토요일 2시 대한극장 앞에서 보자."

"인터뷰할 건데 웬 대한극장?"

의아해하는 소혜에게 나는 단호히 말했다.

"거기가 내 사연이 시작된 곳이야."

"아, 그렇구나. 그럼 거기서 봐야지."

빵집에서 나와 혼자가 되자 마법이 스르르 풀렸다. 환희와 즐거움은 온데간데없이 사라졌다. 바람이 불어 나뭇잎 몇 개가 굴러갔다.

나는 빵 봉지를 덜레덜레 흔들며 집으로 걸어왔다.

"다녀왔습니다."

"오빠, 그게 뭐야?"

마당에서 멍멍이랑 놀던 내 여동생 오덕이가 달려왔다.

"크림빵."

"뭐, 크림빵?"

어디선가 기영이가 달려와 봉지를 낚아챘다.

"내가 먹을래, 내가 먹을래."

오덕이가 앙앙 울어 댔다.

"야, 너희들 뭐야."

나는 크림빵을 기영에게서 빼앗아 반으로 쪼겠다. 그러자 오덕은 울음을 딱 그치고 내 손에 든 빵만 바라보았다. 반을 오덕에게 건네고 오덕이가 빵을 먹는 모습을 보았다. 오물거리는 게 예쁘긴 한데 썩 감동적이지 않았다.

"형, 나는? 나도 줘."

기영이가 옆에서 졸랐다.

"넌 다 커서 무슨 크림빵이야."

난 나머지 크림빵 반을 입에 넣으면서 기영에게 핀잔을 주었다. 기영은 배신감인지 슬픔인지 뭔지 모를 표정을 지었다.

나는 크림빵을 입안에서 살살 녹이며 소혜를 떠올렸다.

참 이상할 노릇이란 말이지. 사람이 어떻게 그렇게 귀여울 수가 있지?

갑자기 기영이가 내 종아리를 발로 차고 방으로 뛰어가 버렸다. 나는 순식간에 마법이 풀려 기영을 쫓아갔다.

"야, 이기영 거기 서!"


다음 날 수학 시간이 끝날 무렵이었다. 수학 선생님은 우리 담임이시다. 전교 꼴찌 반이라는 불명예를 간절히 벗고 싶은 담임선생님은 시험문제를 섞어 숙제를 내줬다. 공부에는 관심이 없는 아이들의 눈을 보자 올라오는 울화를 꾹꾹 누르는 것 같았다.

"내가 풀라는 것만 열심히 해도 이번 시험에서 70점은 받을 수 있으니, 숙제 제대로 해 와. 알았지? 하찬! 특히 너한테 말하는 건데 코를 파? 으이구, 내가 말을 말아야지. 장록수! 너도 웃을 일이 아니야. 코딱지는 휴지에 싸서 버려. 바닥에 튕기지 말고. 이상."

담임선생님이 말을 마치자, 1교시 끝을 알리는 종이 울렸다. 아이들이 우르르 교실에서 몰려나갔다. 나는 화장실에 가려는데 찬이 나를 불렀다.

"이기철."

나는 어제 일로 뜨끔 했다. 하지만 평상시처럼 물었다.

"왜 그래?"

찬은 다짜고짜 내 멱살을 잡았다.

"몰라서 물어?"

"왜 그러는 건데……."

"왜 그러는 건데? 진짜 몰라? 이 자식 진짜 죽고 싶나!"

영일이 다가오더니 안타까워하며 물었다.

"왜 그랬어, 기철아."

"도대체 뭔데 그래?"

그때 록수가 와서 내 뒤통수를 쳤다.

"내가 찬이에게 다 말했어. 이 비열한 자식, 감히 형수님을 넘봐?"

너 이제 큰일 났다는 듯 나를 불쌍하게 바라보던 영일이 내 귀에 속삭였다.

"너 어제 소혜랑 이성당에서 빵 먹었다며?"

"으아아아악!"

분노에 찬 비명을 지르며 내 멱살을 움켜쥔 찬의 손이 부들부들 떨리고 내 온몸도 흔들렸다.

"그건 오해야, 내가 설명할게. 진짜 오해야."

나는 변명을 했지만 찬에게 먹히질 않았다.

"이 자식이 끝까지 잡아떼는데? 찬, 내가 얘 잡고 있을 테니까 실컷 두들겨 패."

록수가 말했다. 찬이 고개를 끄덕였다. 나를 치려고 찬이 내 멱살 잡은 손을 풀고 록수가 아직 나를 힘 있게 잡지 못했던 그 순간이었다. 나는 때를 놓치지 않고 교실 반대편으로 도망쳤다.

"이 자식 어딜 도망가? 빨리 안 와?"

찬이 소리쳤다. 나는 교실 창문 앞에 서서 슬쩍 아래를 내려다보았다. 4층인데 뛰어내리면 최소한 발목은 부러질 것이고 죽을 가능성도 꽤 컸다.

"진짜 오해라고."

"내 여신님하고 왜 빵을 먹고 있었던 건데? 왜애애애!"

찬은 고통에 차서 포효했다.

"소혜가 먼저 내게 빵을 사주겠다고 한 거야."

일순간 모든 것이 정지됐다. 숨소리조차 들리지 않고 나를 바라보는 아이들의 강렬한 눈빛만이 그 공간을 채우고 있었다. 가장 먼저 입을 연 사람은 영일이었다.

"그게 무슨 말이야? 소혜가 너를 보고 그냥 빵을 사주겠다고 한 거야?"

깊은 호흡으로 이 한국 땅에 고대로부터 축적되어 있는 지혜를 흡수하며 나는 입을 열었다.

"아니, 그건 아니고, 찬이 편지 쓰는 거에 도움이 될까 하고 고래서점에 갔거든. 나랑 안면이 있는 고래서점 아줌마가 내가 보낸 사연이 적힌 학원지를 내게 들이미시면서 네가 이 '이기철'이냐, 물으시는 거야. 내가 부끄럽기는 해도 어쩌겠니. 우리 집 가훈이 '하늘은 정직한 자를 지킨다'거든. 그 말은 곧, 정직하지 않으면 가만두지 않겠다는 그런 말인 거 알겠지? 울 아버지는 내가 참고서 산다고 돈 받아서 어버이날에 내복 사드리니까 '네 마음은 안다, 그러나 정직은 우리 가훈이니 어쩔 수 없구나' 하시며 내 종아리를 회초리로 때리신 적도 있다고. 찰싹, 찰싹, 찰싹."

종아리의 고통이 아직도 느껴진다는 듯 나는 눈을 질끈 감고 얼굴을 찡그렸다. 록수도 그런 종류의 사랑의 매를 많이 경험했는지 같이 얼굴을 일그러뜨렸다.

"그러니 내가 어찌 아줌마에게 거짓말을 하겠니. 난 목까지 빨개져서는, 고개를 끄덕였어. 너무도 부끄럽더라고. 아줌마 외에는 누구에게도 알려지지 않기를 간절히 바랐지."

나는 고개를 끄덕이며 현장감을 더했다. 록수도 덩달아 고개를 끄덕였다. 찬은 나와 록수를 번갈아 보기는 하지만 불끈 쥔 주먹을 놓지 않았다.

"그런데 참 이상하지. 카운터 옆이 잡지 쌓여 있는 곳이잖아. 너희도 알지? 고래서점 문 열고 들어가면 카운터가 있는 거. 바로 앞에 잡지 펼쳐진 매대도 있고 그 옆에는 잡지나 만화책이 하늘 높이 쌓여 있잖아."

나는 너희들도 당연히 알지 하는 뜻을 담아 록수와 찬을 바라보았다. 서점 따위는 취급하지 않는 이 두 명의 학생은 고래서점이 어딘지도 가물가물했겠지만, 전혀 티를 내지 않고 고개를 끄덕였다. 나는 다시 비장하게 말을 이었다.

"하지만 이게 무슨 운명의 장난이었는지 몰라. 마침 성심여중 여자애들이 거기서 학원지를 보고 있던 거야. 그중 한 명이 내게 다가왔어. 학교 신문 기자 부탁으로 왔는데 나를 인터뷰하고 싶대. 그러면서 그 여자애가 손으로 기자가 누구인지 가리켰을 때, 난 너무도 놀랐어. 그 기자가 바로 너의 여신, 소혜였던 거야. 난 고민했지. 여기서 인터뷰 요청에 승낙해야 하나, 말아야 하나. 그때 내 머릿속에는 네 생각뿐이었어. 네 연애편지를 제대로 써서 전달하는 임무를 맡았잖니."

내가 머릿속을 언급하며 손으로 내 머리를 툭툭 칠 때, 의외로 크고 둔탁한 소리가 났다. 나를 둘러싼 아이들은 흠칫 놀란 듯 보였는데 아무도 입을 열지는 않았다. 나중에 찬의 입을 통해서 안 사실이지만 싸움 좀 하는 찬과 록수가 그때 내 머리에서 나는 둔탁한 소리를 듣고 본능적으로 알아차렸다고 한다. 그 소리는 보기 드물게 단단한 머리를 타고난 자에게만 나올 수 있는 소리라는 것이다. 아직 본인의 잠재력을 모르고 그 기량을 펴지 않은 게 자신들에게는 정말 다행이라는 것을. 내가 박치기로 프로레슬링을 평정한 김일 선수의 뒤를 이을 하늘이 내린 능력자일 수 있다는 가능성을 애써 머리에서 지우며, 둘은 나를 바라보았다고 했다. 그때 나는 내가 펼치는 이야기에 한껏 취해 있었다.

"우리 가훈이 하늘은 정직한 자를 지킨다고 내가 말했지? 그때 이 정직한 자, 이기철에게 뭔가 떠오른 거야. 이걸, 찬, 너를 위한 기회로 이용하자. 소혜를 보고 가장 적절한 맞춤형 연애편지를 써서 너의 절절한 사랑을 효과적으로 전하는 데 사용하자는 지혜 말야. 이거야말로 하늘이 주신 지혜가 아니고 뭐겠니."

# 아리스토텔레스의 남자들

나는 오랜 친구인 기철이가 마지막으로 한 말, 정직한 자에게 주는 하늘의 보호에 대해 의문이 들었다. 하늘이 정직한 자를 보호한다는 것에 의문을 품는다기보다는 이기철이 과연 그 정직한 자인가에 의문이 든 것이다. 기철은 없는 이야기를 지어서 잡지사에 보내는 데 선수가 아닌가. 특히, 그 이야기를 요리조리 바꿔 가며 여기저기 보내서 상품을 받는데 전혀 거리낌이 없다. 기철이 과연 '정직한 자'인지 심히 의구심이 드는 것은 어쩌면 당연하였다.

고대 그리스에서 방귀깨나 뀌었다는 아리스토텔레스 할아버지는 '역사는 진실로 시작해서 거짓으로 끝나지만, 시(문학)는 거짓으로 시작하여 진실로 끝난다.'라고 하셨다. 이건 나의 일기장에 적어 놓은 말이다. 시를 쓰겠다며 한창 고민하던 중1 때, 나는 대학생 형의 방에서 아리스토텔레스 할아버지의 책을 우연히 발견했다. '시학? 바로 나를 위한 책이군. 시를 사랑하는 마음으로 책의 첫 장을 열었다가 기겁하고 닫았다. 이 책을 읽기에는 무리가 있다는 것을 알고 나는 아쉬운 마음에 책 표지 뒷면을 봤다. 거기에는 역사와 시가 뭔지 한 줄로 요약되어 있었고, 이 말만이라도 기억하고자 나는 일기장에 적었다.

오늘 역사 수업이 있는 날이고 난 언제나처럼 숙제를 하지 않았다. 역사 선생님은 나를 일으켜 세웠다.

"숙제는 왜 안 해 온 거야?"

나는 죽어가는 소리로 대답했다.

"국어랑 수학 숙제가 너무 많아서."

선생님이 그때 성을 버럭 냈다.

"국영수만 잘하면 되는지 알아? 역사가 뭔지는 알아?"

그때, 나는 일기장에 적은 말이 생각났다.

"아리스토텔레스는 '역사는 진실로 시작해서 거짓으로 끝난다.' 라고 한 것이 기억이 납니다."

선생님은 아무 말 없이 나를 노려보았다.

그때 공부하지 않을 기회를 잡는 능력이 절대 하찮지 않은 하찬이 크게 말했다.

"역사가 거짓말이라는 거야? 그럼 역사를 왜 배우는 거야, 쓸데없이?"

선생님은 나를 조용히 불러내더니 출석부로 뒤통수를 가격하고는 교실 밖으로 쫓아냈다. 홀로 복도에 서서 나는 중얼거렸다.

진실을 감추려는 자는 폭력을 사용하기 마련이지.

수업 종이 울리고 역사 선생님은 출석부로 내 뒤통수를 또 한 번 더 가격하고 교무실로 가셨다. 나는 교실로 들어갔다. 쉬는 시간이라 교실은 소란했다. 나는 생각에 빠져서 내 자리에 가서 앉았다.

아리스토텔레스, 이분이 보통 분이 아닌 건 확실했다. 나는 궁금해졌다. 그렇다면 기철이가 종이에 끄적거려 보낸 그 사연이 진실한 문학인 걸까? 아님, 상품에 눈먼 자의 거짓된 역사인 걸까? 역사도 거짓인데 거짓된 역사라면 진실이 되는 건가, 완전 골수 거짓이라는 것일까?

나는 조용히 일어나 기철 옆으로 갔다.

"기철아, 물어볼 게 있어."

"야!"

목소리 큰 찬의 갑작스러운 외침이 내 말을 가로막았다.

"우리 아빠께서 말씀하셨지. 사람은 이름대로 산다. 내 이름하여 찬! 밥에 곁들여 먹는 거다 이거지. 밥이 충분하지 않은데 찬만 있진 않지. 하늘의 도움이 있어야 밥과 찬을 먹을 수 있다는 거야. 나의 삶에는 하늘의 도움이 넘쳐나리라. 찬, 찬, 찬, 찬, 찬차라 찬찬찬."

갑작스럽게 지르박 가요를 흥얼대며 춤을 추는 찬은 진짜 신나 보였다. 한참 신나게 발재간 몸 재간을 선보인 찬은 기분이 좋아졌는지, 기철에게 미소를 보냈다.

"그래, 기철아. 하늘이 내리신 그 지혜를 어서 말해 줘."

이게 과연 논리적인 진행인지 누군가는 물을 수 있겠지만, 찬의 천진한 미소가 아까 같은 짐승의 포효로 바뀌길 원하는 사람은 없었다.

"그, 그래. 찬, 너를 위한 신의 지혜를 나눌게."

기철이가 화답했다.

"잠깐. 이기철, 이젠 이리 와. 우리가 멀리 있으니 소리쳐야 하니까 안 좋다."

찬은 의자에 앉고 록수와 나에게도 눈짓했다. 둘도 의자에 앉고 나를 포함한 세 남자가 기철을 쳐다보았다. 기철은 셋의 뜨거운 눈길을 부담스러워하는 것 같았다.

"난, 그냥 여기서 말해도 되는데."

기철은 우물쭈물 말했다.

"친구, 왜 이래. 친구끼리 같이 앉아야지."

양팔을 벌리고 찬은 다정히 '친구야, 일루 앉아' 하고 기철을 불렀다. 찬의 빨간 양말, 교복 바지의 빨간 혁대를 본 기철은 이 제안을 거절하면, 자신의 옷도 저렇게 선명한 붉은 체액으로 물들 수 있음을 깨달았는지 찬의 옆자리에 앉았다. 찬은 기철의 어깨에 팔을 얹었다. 이 형제애의 표시를 바라보는 록수는 질투로 불탔지만, 겉으로 드러내지 않고 있었다.

"이번 주 토요일 인터뷰하기로 했어. 처음엔 아무 일도 없다는 듯 인터뷰를 할 거야. 인터뷰 도중 나는 순수한 한 남자에 관한 이야기를 끼워 넣는 거지. 그 남자가 너라는 건 알고 있지, 찬? 그의 편지를 한번 들어 보겠냐고 물어볼 거야. 너의 여신은 들어 본다고 하겠지. 그럼 내가 일주일 동안 열심히 너를 위해 작성할 예정인 그 편지를 읽을 거야. 소혜는 편지를 맘에 들어 하겠지. 장소를 정하고 둘이 만나게 하는 거야. 너와 소혜의 만남이 이루어지는 거지."

그때 나는 기철이 전하는 '신의 지혜'에 끼어들었다.

"만약 소혜가 맘에 안 든다고 하면?"

기철은 나를 노려보고는 찬에게 미소를 지으며 말했다.

"인터뷰에 빠진 게 있는데 다시 만나서 알려 주겠다고 하는 거야. 물론 그다음 약속 자리에 나 대신 네가 나와서 너의 매력으로 소혜를 사로잡으면 되는 거고."

나는 또 끼어들었다.

"거기서 소혜가 찬을 보고 밥맛이라며 자리를 박차고 일어난다면?"

내 말에 기철은 움찔했다. 찬은 상상만으로도 고통스러운지 눈을 질끈 감았다. 기철은 잠시 고민하다가 입을 열었다.

"사실, 네 여신의 마음까지는 내가 어떻게 할 수 없는 부분이야. 처음에 내가 약속했던 것도 찬, 네가 소혜랑 만날 수 있도록 약속 장소에 나오라는 편지를 잘 써서 전해 주는 것까지였잖아. 찬, 이제 네가 결정해. 할래, 안 할래?"

아! 우리의 찬은 하늘의 지혜도 어쩔 수 없는 부분이 있다는 것을 깨닫고 입술을 잘근잘근 깨물었다. 그러다 주먹을 손바닥에 문대기 시작하니 기철이 두려움에 휩싸이지만, 표시 내지 않으려고 온 힘을 다하는 것이 보였다.

"오케이, 하늘의 뜻이 거기까지라면. 편지 잘 써 줘."

찬은 일어나더니 기철의 등을 두드리고는 록수와 함께 교실을 나갔다. 나는 일어나서 기철의 등을 쳤다.

"나도 기대된다. 편지 나도 보여 줘. 나 요새 곡 쓰는데 그걸로 영감 좀 받자."

"안 돼, 너무 아름다워서 너 눈물 콧물 질질 짜면 드러워서 어떻게 봐주냐?"

"놀고들 있네."

내 귀에 우리 반 반장 나학자가 나지막하게 말하는 소리가 들렸다. 나학자는 자기 귀에만 들릴 모기만 한 소리로 빈정댔다. 하지만, 나는 들을 수가 있었다. 반 애들이 아무리 작게 속삭여도 내 귀에는 다 들렸다. 누구에게나 생존 방식이 있듯이 나는 모든 소리를 듣고 소리의 색깔, 표정까지 읽고 정보를 취합하여 행동하는 나만의 생존 방식으로 살아가고 있다.

기철이와 찬의 난리 와중에도 수업 내용을 복습하고 있던 학자가 귀에 안테나를 세우고 기철과 나의 대화를 모두 듣고 있었다. 자기 때부터 중학교 입학시험이 폐지되고 추첨제가 시작되는 바람에 자신의 기량을 선보일 기회가 한 번 줄어서 억울했다던 학자인 만큼, 쉬는 시간에도 책을 펴고 있었다. 그래도 여학생 이름이 몇 번 들려오니 그도 귀를 쫑긋했을 것이다. 입을 비쭉이며 빈정대고서 다시 책을 보려던 학자의 눈이 번쩍했다.

비록 친구들에게는 밥맛이라는 평을 듣기는 하나, 밤낮 몸 바쳐 일하시는 아버지에 연민이 가득한 우리의 학자 군. 이제는 자기만 한 인재가 없다는 편견을 버려야 한다는 걸 깨달았다. 이 새로운 인재가 아버지의 사업에 활력을 불어넣을 수 있다. 이제껏 인재를 몰라봤던 자신에게 자괴감이 들면서도, 결국은 찾아낸 자신이 대견했다. 심지어 감동까지 밀려왔다. 마침 어디 안 가고 앉아 있는 기철을 보고, 학자는 일어나 우리 쪽으로 왔다.

"이기철."

학자는 단도직입적으로 기철에게 물었다.

"일자리를 제안할게. 학기 중에는 주말에 좀 하고, 방학 때부터 제대로 해봐."

언제나 놀 시간을 어떻게 더 확보할까? 고민하는 기철에게 이런 말은 얼토당토않다. 하지만 자기 아버지 직업이 위태위태하다는 예감이 드는 기철에게 호기심이 생긴 것 같았다.

"뭐? 진짜? 무슨 일인데?"

일할 생각이 없는 건 아니라는 걸 알고 학자는 안심하는 눈빛이었다.

"우리 아버지가 사업하시는데 너를 후계자로 키우시면 좋을 것 같다는 생각이 들어서."

기철이가 믿을 수 없는 제안에 말을 잇기 어려운 표정을 지었다.

"후계자는 네가 해야지, 왜 나한테?"

"인정하기는 정말 싫지만, 이기철, 넌 재능이 있어."

"그렇지. 내가 재능이 있긴 하지."

기철의 단단한 머리가 마구 돌아가는 것 같았다. 나는 기철의 생각을 읽기 위해 머리를 쥐어짰다. 기철은 자주 과대망상에 사로잡히는 녀석이다.

'이건 우리 아버지가 대신할 수는 없는 걸까? 반장이 나의 천재성을 보고 이러는 거라면, 아버지는 쉬시라 하고 이젠 내가 집안의 가장이 되라는 하늘의 뜻인가?' 이런 생각을 하는 듯했다. 기철의 두 눈이 이리저리 움직였다.

"그 아버지 사업이라는 게 뭔데?"

기철이가 물었다.

"우리 아버지는 인류에, 아니, 그건 너무 거창하고."

잠시 말을 멈춘 학자는 목을 가다듬더니 다시 말을 이었다.

"한국 서울시민들에게 꼭 필요한 제품을 제공하셔."

"그래서 그게 뭐냐고?"

학자가 입을 열려는데, 나는 참을 수가 없어서 기철 등을 퍽 치며 말했다.

"반장 아버지, 약장수잖아. 날이면 날마다 오는 게 아녜요. 이 토끼표 물약으로 말할 것 같으면, 킥킥, 만병통치약이래. 기철이, 너 거기서 일할 거면, 하나 얻어다 발에 뿌려라. 발 냄새 좀 없어지게."

"엥? 약장수?"

"나는 아버지를 존경해. 근데 내가 말재주가 없잖냐. 넌 아주 입담이 좋고, 사람들을 잘 설득하는 재주가 있어."

기철이가 픽 웃었다.

"반장, 나 거기서 일은 못 하고, 방학 때 몇 번 재능 기부할게."

"진짜? 그래 주면 정말 좋지."

학자가 기철의 한쪽 팔을 잡고 기뻐했다. 기철이가 고개를 끄덕이고는 한 손을 들었다. 기철의 손이 반장의 등을 마구 쳐댔다. 퍽 퍽 퍽.

"그걸 믿냐, 이 자식아. 너 죽었어."

# 마음속 알람

마당에 들어서니 멍멍이가 부리나케 달려와 두 발로 내 무릎을 마구 긁으며 팔짝팔짝 뛰었다. 부엌에서 엄마가 나오셨다.

"기철이 왔니?"

"네, 엄마."

엄마는 부엌으로 들어가며 사랑방을 가리켰다. 나는 할머니, 할아버지 들리게 크게 소리쳤다.

"다녀왔습니다."

"오냐, 기철이 왔냐?"

사랑방에서 할아버지가 반겨 주셨다.

할머니 목소리도 들렸다. 라디오에서 흘러간 노래가 나오는 시간이라 할아버지랑 할머니는 방에서 나오시지 않았다. 애수의 소야곡이 마당에 아련히 흘렀다.

내가 마루에 올라서자마자 오덕은 맨발로 달려와서는 내 다리에 매달렸다.

"오빠, 크림빵은?"

"크림빵이 어디 있어?"

"어제 있었잖아."

"그건 누가 싸 줘서 가져온 거지."

"오빠, 그럼 또 싸 달라고 해. 빨리."

부엌에서 엄마가 크게 말씀하셨다.

"오덕아, 오빠 힘들게 하지 마라. 기철아, 가방 놓고 와. 과일 내올게."

나는 간신히 오덕을 떼어 내고 방에 들어갔다. 불현듯 크림빵 생각이 났다.

"나도 먹고 싶다, 달콤하면서 부드러운 크림빵. 소혜랑 같이."

나도 모르게 소혜 이름이 튀어나왔다. 소혜, 그 이름만으로 마음이 따뜻해지고 미소가 절로 지어졌다.

"형, 소혜가 누구야?"

나는 갑자기 기영이가 튀어나와서 놀랐다.

"야, 넌 형이 왔으면 인사를 해야지."

"소혜가 누군데? 어제 빵 같이 먹은 누나야? 얼레리 꼴레리. 얼레리 꼴레리. 엄마, 형이 어제 크림빵 어떤 누나랑 먹었대요."

"야, 너 미쳤어? 왜 그래, 너 죽고 싶어?"

기영이가 할머니 할아버지 있는 사랑방으로 도망갔다. 나는 가방을 방에 내던지다시피 놓고 기영을 쫓아가는데 다시 오덕에게 붙잡혔다.

"오빠, 소혜 언니랑 빵 먹었어? 나도 먹고 싶다."

기영은 할머니 옷을 꼭 잡고 등 뒤에 숨는다.

"할머니, 나 좀 살려줘요."

"아이고, 기영아, 그렇게 붙잡으면 할머니 넘어간다."

"형이 나 잡으려고 해요."

"임자는 뭐 그리 호들갑이야. 기영아, 네 할머니는 엉덩이가 묵직해서 괜찮단다. 절대 안 넘어가."

할아버지가 웃으며 말하자 할머니가 펄쩍 뛰었다.

"그건 또 무슨 소리래요? 묵직? 바람 불면 날아갈 것만 같은데."

"이기영, 너 빨리 이리 안 와?"

나는 오덕을 다리에 대롱대롱 매단 채로 사랑방에 쫓아와서 소리쳤다.

"할머니, 잠깐 비켜 주세요."

과일 접시를 든 엄마가 방에 들어오며 손을 내저었다.

"아이고, 정신 사나워라. 너희 당장 그만 못 둬? 할아버지 할머니 앞에서 웬 난리야?"

"엄마, 형이 어제 어떤 누나랑 빵 먹었대요. 크림빵."

"뭐? 기철아, 이게 무슨 소리야?"

"이름이 뭐랬더라? 소희? 아니다, 소혜 누나래요. 소혜."

"우리 장손이 연애하나? 사내대장부가 연애도 해 봐야지."

할머니는 고개를 끄덕이셨다. 할아버지는 좀 심각한 표정이다.

"젊은 날에 큰 뜻을 펼치려면 사사로운 감정에 휩쓸리면 안 되는데."

부드럽게 할머니가 물었다.

"우리 장손이 몇 살이지?"

"형 열다섯 살이에요."

기영이가 대신 대답했다.

"그래? 네 할아버지가 나랑 결혼하셨을 때가 열여섯이셨지. 나는 열다섯이었고. 내가 열여섯에 네 아버지를 낳고. 그때는 그게 딱 적당한 나이였어."

"형, 그럼 소혜 누나한테 장가가면 되겠네."

기영이 장난치듯 말하니 엄마가 따끔하게 말했다.

"기영이 너, 조용히 안 해? 기철아, 잠깐 엄마 좀 보자."

"어멈, 혼내지 마라. 그럴 수도 있는 거지."

"아니에요, 어머니, 그냥 대화를 좀 하려고요. 기철아."

엄마가 일어나더니 안방으로 가셨다. 나는 기영에게 주먹을 들어 보이고는 안방으로 향하는데 내 다리에는 아직도 오덕이 매달려 있었다.

"오빠, 크림빵."

"그만해라, 오덕아. 오빠 많이 힘들다."

나는 오덕의 손가락을 하나하나 떼어 내고는 한숨을 쉬며 안방으로 들어갔다.

"기철아, 엄마한테 할 말 없니?"

내가 바닥에 엉덩이를 대기도 전에 엄마가 물으셨다.

"엄마, 그냥 다른 학교에서 인터뷰 온 거예요."

나는 여기서도 미래에 있을 인터뷰를 과거에 있던 것처럼 잘 활용하는 지혜를 발휘했다. 그것이 언제라는 게 뭐가 중요하단 말인가.

"그게 무슨 소리야?"

"제가 상품 오면 말씀드리려고 했는데."

"상품?"

"네, 잡지사에 글을 써 보내서 뽑혔거든요. 그 글을 보고 다른 학교에서 인터뷰 온 신문기자예요."

"어머나, 인터뷰를 올 정도의 글이야? 그런 게 있으면 진작 말해 줬어야지."

엄마가 들뜨셔서 호들갑을 떠셨다.

"엄마도 시를 좋아했단다. 네가 엄마 감성을 이어받아 시도 잘 쓰고 그런 글재주가 있구나."

"아, 네."

"그 잡지 이름이 뭐니? 이번 달 거니? 우리는 사서 봐야겠지? 우리 아들 글인데. 오호호."

내가 쓴 낯간지러운 사랑 이야기를 엄마가 읽는다니! 절대 안 될 일이다.

"그, 그건."

엄마는 어느새 벌떡 일어나서 사랑방으로 가셨다.

"아버님, 어머님, 그게 연애가 아니라 우리 기철이 인터뷰 온 거였대요."

"인터뷰? 그게 무슨 말이냐?"

"기철이가 글을 너무 잘 써서 잡지에 뽑혔다는 거예요. 그래서 다른 학교에서 인터뷰하러 온 거래요."

"아하, 그럼 그렇지."

할아버지는 흡족한 듯 없는 턱수염을 쓰다듬었다. 할머니는 일어나 덩실덩실 춤을 추셨다.

"뽑혔다니, 글이 뽑힌 거면 장원급제 아니냐. 얼쑤 좋다, 좋아. 원이 없네, 원이 없어. 할미 닮은 우리 손주."

"어머니, 제가 시를 좋아했거든요. 태교로 좋은 시 많이 읽고요."

"임자, 기철이는 나를 쏙 닮았어. 에미야, 이 큼직한 두상을 봐라. 완전 판박이 아니냐."

어른들이 내가 서로 자기를 닮았다며 떠드는 와중에 나는 이 상황을 어떻게 평화롭게 마무리할지 고민이 많았다.

방으로 돌아가 더 고민하려는데 엄마의 갑작스러운 질문이 나를 붙잡았다.

"기철아, 그 인터뷰 기사는 어떻게 봐야 하니? 무슨 학교 신문인 건데? 성심여중? 서울여중인가? 딸이 성심여중 다니는 집이 근처에 있을 텐데."

나는 눈이 휘둥그레졌다. 어떻게 이걸 수습해야 할지 머리는 마구 굴러가고 눈도 왔다 갔다 하며 바빴다.

"엄마, 인터뷰를 한 번 더 해야 한대요. 질문이 더 남았는데 제가 집에 빨리 오려고 중간에 멈췄거든요. 늦으면 엄마 걱정하실까 봐, 하하."

엄마 얼굴에 있던 미소가 사라진다. 이거, 이거 엄마가 눈치를 챈 것일까. 나는 몸이 움츠러졌다.

"그게 말이 돼? 형? 엄마 걱정에 인터뷰를 끊다니. 형이 뭔가 시작하면 도중에 못 끊잖아. 만화를 보든 축구를 하든 푹 빠져 버리니까 하도 안 와서 내가 찾으러 다닌 게 몇 번인데."

나는 기영의 정확한 지적에 간 떨어질 뻔했다. 기영이가 폭탄 같은 말로 마무리했다.

"엄마, 형 거짓말인 거 같은데요?"

이럴 때일수록 침착히 대응해야 하는 법.

"엄마, 제가 이번에 상품으로 금성 라디오 받거든요. 엄마께 드리고 싶어요."

"어머나."

의심 가득히 나를 바라보던 엄마의 눈에 갑자기 눈물이 맺혔다.

"이제 아버님은 마음껏 뉴스 들으시고, 어머니랑 저는 '겨울로 가는 꽃마차'를 들을 수 있겠어요."

엄마는 거의 울먹이셨다.

"우리 기철이가 효자네. 에미야, 이젠 라디오 드라마 실컷 듣자꾸나. 오늘부터 '울지 마, 내 품의 사슴아'도 시작한다는데."

열렬한 라디오 드라마 애청자인 할머니와 엄마가 손을 맞대고 기뻐하셨다. 여자의 마음을 사로잡는 것은 드라마다. 사슴 같은 소혜가 내가 라디오에서 들은 드라마를 본떠 만든 사연에 눈물짓듯이.

"우리 기철이 과일 좀 먹어라. 여기 약과 좀 먹고."

할머니가 장롱에 넣어 둔 약과를 꺼내 내게 주었다.

"할머니, 저도요"

기영이 할머니 옆에 가서 약과를 하나 집으니 할머니가 눈치를 줬다.

"형이 좋아하는 건데 넌 하나만 먹어라."

"어머니, 어머니, 라디오극장 시간이에요. 새로 한다는 그 사슴 드라마."

호들갑스럽게 엄마가 라디오를 가리키자, 할머니는 뉴스가 나오던 라디오 채널을 확 돌려서 드라마 채널로 옮겼다.

"여자들이란, 쯧쯧."

할아버지는 일어나서 방 밖으로 나가시고, 나는 할머니 옆에서 약과를 먹으며 같이 라디오를 들었다.

"오늘부터 시작하는 DBC 라디오극. '울지 마라, 내 품의 사슴아'를 시작하겠습니다. 극본 김은진, 연출 이경성, 목소리로는 형준 역에 한대성, 선영 역에 윤미영, 현주 역에 최선우."

잠시 서글픈 음악이 흐르더니 극이 시작되었다.

"아, 사슴 같은 눈의 선영, 지금 어디 있니."

라디오극장을 들으며 나는 새끼사슴처럼 귀여운 소혜를 떠올렸다.

아, 나의 사슴에게 다른 남자의 이름으로 연애편지를 써야 하는 이 기구한 운명이여.

할머니와 엄마는 라디오 드라마에 눈물짓고, 나는 자신의 처지에 눈물짓고, 기영은 약과를 더 집어 먹지 못해 눈물짓는 오후의 시간이 흐르고 있었다.


나는 잠이 깊이 든 기영의 숨소리를 확인하고 이불 속을 기어 나와 스탠드를 켜고 책상에 앉았다. 탁상시계를 보니 자정이 다 되어 간다. 나는 가방을 열어 어제 서점에서 베껴 적은 시구를 꺼내 읽었다.

바이런 형도 제대로 사랑을 하긴 했나 보다. 그녀를 보는 순간 인생이 시작되었다고 쓴 걸 보면 이 형님 뭘 알긴 아네.

나는 한숨을 쉬며 종이 한 장을 꺼냈다. 난생처음 연애편지를 쓰려니 어렵다. 종이 위에 이 단어 저 단어 끄적거려 가며 머리를 굴려 보는데, 밖에서 대문 열리는 소리가 들렸다. 나는 나가 보려는데 방문이 열리면서 아버지께서 고개를 들이미셨다.

"기철이 아직 안 자는구나."

"아버지, 안녕히 다녀오셨어요."

아버지 얼굴이 불그레한 게 한잔하셨나 보다. 나에게 따뜻하게 웃음 짓는 아버지. 그런데 아버지 미소가 어쩐지 슬퍼 보였다.

"공부하니? 기특하네, 녀석."

"네."

"사실 난 네 나이 때 철이 없어서 열심히 공부 못 했어. 우리 아들은 확실히 다르네. 무리하지 말고 얼른 자라. 건강이 젤 중요한 거야."

아버지는 문을 닫고 가셨다. 속에 삭일 것이 많았는지 술을 꽤 드셨나 보다. 방금 다녀가신 아버지의 술 냄새가 희미하게 맴돌았다.

책상 위의 종이를 보다가 아버지께 물이라도 한잔 챙겨드릴 마음으로 나는 벌떡 일어나 부엌으로 갔다.

"이번 달 월급이 아예 안 나오는 거예요?"

엄마의 숨죽인 목소리가 들려왔다. 나는 얼른 걸음을 멈췄다.

"회사에 사고가 생겼어요."

아버지가 엄마를 조용히 달래고 계셨다.

"사고 수습하느라, 하루 이틀 늦어지는 것뿐이에요. 걱정하지 말아요."

엄마는 애써 밝게 말씀하셨다.

"이번에 어머님 생신상 제대로 차리려고 모아 둔 돈이 있는데, 더 길어지면 우선 그걸로 버텨볼게요."

"미안해요."

"미안하긴요. 여보, 얼른 씻으세요."

나는 발끝을 세워 방으로 돌아와 책상에 앉았다. 아버지 회사 사정이 안 좋은가 보다. 찬 말대로, 아버지가 잘리지 않고 회사에 다니려면 이 편지를 잘 써야 할까. 아니면 이 편지를 잘 쓰는 거랑 상관없이 이미 아버지 상황은 회복 불가인 걸까?

난 지금 상황을 잘 모르고 미래가 어떻게 될지도 모르지만, 내가 할 수 있는 것을 해 보기로 했다.

마음을 다잡고 연애편지를 본격적으로 써 보려 했지만, 머리만 복잡했다. 오랜만에 밤에 책상에 앉아서 그런지 허리도 아픈 것 같았다. 자는 기영이 갑자기 부러워졌다.

"그래, 내일은 내일의 태양이 떠오를 거야. 지금은 좀 쉬자. 창작의 기운이 충만한 건 아침이지."

한 자도 쓰지 못한 나는 불을 끄고 기영이가 자는 이불 속으로 들어갔다. 나는 식어 버린 내 자리로 기영을 밀어내고 기영이가 데워 놓은 자리에 누웠다. 따뜻한 잠자리가 주는 행복을 느꼈다. 기영은 깊이 잠들어 깨지도 않았다.

"저 철없는 녀석, 형은 이렇게 고뇌하는데 퍼 자는구먼."

나는 예술 에너지 충전을 위해 잠의 세계로 들어갔다.

# 시간이 몸을 기울여 들려준 이야기

"엄마, 엄마는 아빠랑 어떻게 결혼한 거야?"

내가 여덟 살 때, 마당 귀퉁이 화단에 엄마랑 쭈그리고 앉아 꽃들을 보고 있다가 불쑥 물었었다. 우리 집 화단에는 채송화, 맨드라미, 봉숭아 등이 심겨 있는데, 엄마가 깨꽃 꽃잎 하나를 톡 따내어 꿀을 쪽 빨아 먹고 이것 때문이지, 하셨다.

"그게 왜?"

나는 물었다.

엄마와 아빠는 한마을에 살았는데 마을에는 깨꽃들이 많았는데 두 분은 어릴 때부터 깨꽃을 따먹는 것을 좋아했다고 했다.

"한나절을 꼬박 깨꽃을 따먹는 날도 있었지."

"우와!"

처녀, 총각이 되어서도 두 분은 나란히 깨꽃을 먹었다고 했다. 그러다가 엄마가 벌떡 일어나 자기 집으로 달려가 엄마의 할머니께 "할머니! 나, 지석이한테 시집갈래요!" 했다고 했다. 엄마의 할머니가 서슴없이 그래라, 하셨다고 했다.

"그래서, 결혼한 거야?"

"응"

"할머니가 엄마랑 아빠가 사랑한다는 걸 아신 거야?"

"그 당시 처녀들을 위안부로 데려간다는 소문이 돌았거든."

"그게 뭔데?"

그날 엄마는 엄마 어릴 때 집안 사정을 이야기해 주셨다. 엄마의 아버지가 만주로 가셨고 그 바람에 집에는 여자들만 살게 되었고 농사지을 남자가 없어서 '이지석' 그러니까 우리 아빠네가 엄마네 집 농사를 지어 주고 나눠 먹었다고 했다. 그 이야기를 들으며 엄마 아빠는 아주 오래전부터 서로 사랑했다는 것이 느껴지고 행복해졌다.

학교가 끝나 집에 오는데 길가에 핀 깨꽃이 내 눈에 띄었다. 깨꽃을 따서 꿀을 쪽쪽 빨아 먹고 있는데 경주와 다혜가 오고 있었다. 경주가 먼저 내 앞으로 다가섰다. 얼른 경주에게 깨꽃 하나를 내밀었다. 경주가 받아서 쪽 빨아 먹으면서 깨꽃 꽃말이 뭔 줄 아니? 했다.

"모르는데."

"불타는 나의 마음이야."

"으악!"

나는 빨아 먹던 깨꽃을 부잡스럽게 퉤퉤 뱉었다.

흥, 하고는 경주가 휑하니 앞서 가 버렸다.

다혜가 깨꽃을 따서 나에게 주었다.

"꿀만 먹을게."

"응."

나는 다혜와 나란히 앉아 깨꽃을 양껏 먹고 있었다. 그때 경주가 무엇에 놀란 듯 겁에 질려 나에게로 뛰어왔다. 나는 얼른 일어났다. 경주가 와락 내 옆구리를 잡고 등 뒤로 숨더니 손을 내밀어 앞을 가리켰다.

덜덜 떨며 경주는 목소리도 내지 못했다. 그 할머니, 아니 부엉이 할머니가 우리 쪽으로 오고 있었다. 다혜도 내 등 뒤에 숨어 얼굴만 내밀고 부엉이 할머니를 보았다. 부엉이 할머니는 옷도 깨끗하게 입고 그때와는 달리 멀쩡해 보였다. 그래도 부엉이 할머니가 내 앞으로 가까이 오자 바짝 긴장되었다.

"안녕하세요, 할머니."

나는 용기를 내어 인사를 했다.

"오냐, 그런데 누구냐?"

"아, 저는 이기영입니다."

"기영아, 이거 받으렴."

부엉이 할머니가 불룩한 복주머니를 불쑥 내밀었다. 치매 할머니는 이상한 걸 싸서 다닌다는 걸 들은 적 있다. 나는 복주머니에 징그러운 벌레가 들었나 싶어 받기를 주저했다. 혹시 자기가 싼 똥을 담아서 들고 다니다 나를 주는 것 아닌가도 했다.

"받지 마, 기영아."

경주가 모깃소리로 말했다.

"돈이야! 어서 받아, 이놈아!"

나는 조심스럽게 복주머니를 받았다. 순간 부엉이 할머니의 손이 스쳤지만 무섭거나 징그럽지는 않았다. 오히려 온기가 느껴졌다.

"똥구멍이 찢어지게 가난했었는데, 오빠가 벌어 온 돈이야. 잘 감춰 둬야 해."

부엉이 할머니가 눈빛이 확 변하더니 내게 한 발짝 가까이 다가 왔다.

"오빠야! 왜 이제 왔어?"

나는 몸을 휙 돌려 도망쳤다. 경주와 다혜가 뒤따라 왔다. 갑자기 노래가 들려왔다. 부엉이 할머니가 부르는 것이었다. 우리는 멈춰 골목에 몸을 숨기고 얼굴만 내밀고 보았다.


부엉이 우는 산골 나를 두고 가신 님아,
돌아올 기약이나 성황님께 빌고 가소.
도토리묵을 싸서 허리춤에 달아주며
한사코 우는구나! 박달재에 금봉이야.


나는 할머니가 부르는 노래가 무슨 노래인지 알았다. 우리 할아버지가 가끔 부르시는 울고 넘는 박달재다. 부엉이 할머니가 노래를 끝까지 부르시고는 우흥, 우으흥 하며 멀리 가셨다. 할머니가 내는 부엉이 울음소리가 처량하고 슬펐다. 나는 부엉이 울음소리가 사라질 때까지 물끄러미 부엉이 할머니의 뒷모습을 바라보았다.

"기영아, 돈 들었나 열어 보자."

경주는 눈을 반짝이며 말했다.

우리는 골목길에 쭈그리고 앉아 복주머니의 끈을 풀었다. 징그러운

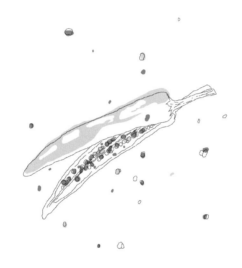

벌레가 나올 줄 알고 조마조마했는데 빨간 고추가 가득 들어 있었다.

"에게, 이게 무슨 돈이야?"

경주가 실망했다.

"참, 예쁜 고추네."

다혜가 눈을 반짝이며 말했다.

"고추를 까 보자. 안에 금이 들어 있을지도 몰라."

"정말?"

경주와 다혜는 정말 그럴지도 모른다는 표정을 지었다. 아직 마르지 않은 빨간 고추를 부러뜨리자 노란 고추씨가 튀어나왔다.

"금이다!"

우리는 동시에 외쳤다. 고추씨가 황금처럼 반짝였다.

"이걸 얼굴에 붙이면 진짜 금으로 변해."

내가 거짓말로 말하자 경주가 고추씨를 볼에 붙였다. 다혜도 노란 고추씨를 이마에도 붙이고 볼에 붙였다. 경주가 다혜를 보고 깔깔 웃고, 다혜도 덩달아 깔깔 웃었다. 나는 코끝에 붙였는데 웃으니까 떨어져 내렸다.

아, 내가 잊은 게 있었군. 코끝에는 침을 발라야 한다. 그래야 제대로 마술이 부려진다. 다리에 쥐가 날 때 코끝에 침을 바르면 씻은 듯 나으니까. 나는 코끝에 침을 바르고 다시 고추씨를 붙였다. 코끝이 찌릿한 게 꼭 마법이 시작된 것만 같았다. 고추가 든 복주머니를 꼭 쥐고 나는 집으로 돌아왔다.

# 사랑을 연필로 쓰는 중입니다

나는 며칠 동안 학교에서 사랑에 대한 낱말만을 끄적댔다. 무언가 쓴다는 것은 쉽지가 않았다. 펜을 잡고 있는데 뇌는 마른 나무토막처럼 움직이지 않고 있다.

"잘돼 가? 이번 거 잘 마무리되면 연애편지 써 주는 사업을 해 보든가."

영일은 내 속도 모르면서 사업까지 운운했다. 그러면 자기가 한번 써 보라지. 버럭대려다가 나는 그럴 기운도 없다는 걸 알고 사실대로 말했다.

"연애편지라는 게 진정성이 있어야 하는데 이게 여러모로 어려워."

"뭐? 잘 안 되고 있다고?"

찬은 잽싸게 나타나 화를 냈다.

"원래 위대한 글은 예술가의 고통을 거쳐 나오는 거야. 오죽하면 고흐는 귀를 다 잘라 가며 그림을 그렸겠냐?"

영일은 얼른 끼어들어 나 대신 변명했다.

"고흐? 귀를 왜 잘라?"

찬은 처음 들었는지 어리둥절한가 보다.

나는 고흐가 귀 자른 것과 찬의 연애편지 대필하는 게 별 상관없는 것 같아서 입 다물고 있었다. 찬이 진정하고 가 주기를 바랄 뿐이었다.

"이거 안 되겠어. 네가 정말 제대로 하는지 직접 가서 봐야겠다. 소혜를 토요일 어디서 보는 거야?"

찬은 씩씩댔다.

"우리 집 가훈이 '정직'이라고 했잖아. 누구를 속이는 건 나 진짜 못하거든. 너까지 있으면 나 떨려서 내 임무를 잘 수행하기 어려워."

눈도 깜박 않고 입에 침도 안 바르는 나의 말을 믿지 않는 건 눈을 안 깜박이고 1분을 버티는 것보다 어려운 일이다. 찬은 한참 나를 바라보다 눈을 깜박이며 말했다.

"알았어. 편지나 잘 써."

나와 찬의 눈싸움은 내 승리로 끝났다. 멀어져 가는 찬의 널찍한 등판을 보며 영일은 코를 쭉 들이키더니 말했다.

"너 진짜 잘 써야겠다."

"더럽게 웬 콧물이야?"

"어제 난 기타 연습에 매진하다 그대로 잠이 든 거야. 그래서인지 아침부터 콧물이 나네. 내가 집에서는 난닝구만 입거든. 어깨 없는 거로."

영일이 손으로 어깨에 모양을 그려 가며 설명했다.

"상상하기 싫거든. 당장 멈춰, 그런 디테일."

"창조성이라는 게 자유로움에서 나오는데 몸통과 팔을 연결하는 이 어깨가 자유로워야 해. 이게 비단 기타에만 적용되는 게 아니지. 너처럼 글을 쓸 때도 그럴 테고. 심지어 실생활에서 똥 쌀 때 화장지에 팔을 뻗을 때도 거침이 없어야 한다고."

"야!"

"넌 집에서 뭐 입는데?"

"그만해. 나 편지 써야 해."

"너도 난닝구 입고 써 봐. 난 집에서 난닝구 입고 기타 칠 때가 젤 삘이 오더라고."

"그만 안 해?"

그때 벨이 울리고 담임이 들어오며 영일과의 대화를 멈출 수 있어 다행이었다.

"이놈들은 도대체가 시험이라는 건 머릿속에 없어."

담임이 지휘봉으로 교탁을 쳐 대니, 떠들던 애들이 조용해졌다.

"숙제 펴."

한 바퀴 돌아본 담임은 참담한 심정을 감추지 않았다.

"어째 떠먹여 주는 밥도 못 먹냐, 너희들은. 내가 말했어, 안 했어. 이 문제들만 풀어도 이번 시험 잘 볼 수 있다고 했잖아."

반장 학자가 손을 번쩍 들었다.

"너무너무 슬퍼요. 선생님의 고통이 그대로 느껴져요."

선생님은 예상치 않은 반장의 발언에 망치로 맞은 듯했다.

"어? 뭐?"

반장은 거침없이 말했다.

"하지만 아이들 입장을 생각하니 아이들의 아픔도 생생히 느껴져요."

아이들은 그다지 아픔을 느끼지 않는지 어안이 벙벙해진 표정으로 반장을 쳐다보았다.

"선생님, 얘들이 왜 공부를 잘하고 싶지 않겠어요. 안되니까 못하는 거지요. 다행히 저는 토끼표 총명환을 먹어서 총기가 넘쳐요. 제 아버지께서 이 명약을 파시거든요. 공부하는 아이들이라면 꼭 필요한 거예요. 둔한 머리를 깨우는 토끼표 총명환! 기꺼이 너희들과 나눌게."

반장은 가방에서 토끼표 총명환 상자를 꺼내 받쳐 들고는 교실에 보여 주었다. 어떻게 대응을 해야 할지 아직 머리에서 처리되지 않은 선생님을 그대로 두고 반장은 벌떡 일어나 1분단부터 세 알씩 나누어 주었다.

"물도 필요 없어. 그냥 꼭꼭 씹어 먹으면 돼."

반장은 진지하게 덧붙였다.

"더 필요하면 언제든지 말해. 아버지께 말씀드리면 정말 좋은 가격으로 주실 거야. 우리는 같은 반! 한 형제들이나 다름없어."

반장은 감격에 차오르는 듯 목소리가 떨리고 눈시울이 붉어졌다.

"이거 진짜 먹어도 되는 걸까?"

영일은 내게 속삭였다.

"글쎄."

나는 자신 없는 목소리로 말했다.

"반장."

영일이 갑자기 목소리를 높여 반장을 부르자, 반 아이들이 일제히 영일을 쳐다봤다.

영일은 연필을 거꾸로 쥐더니 닐 다이아몬드의 노래를 한 소절 부르고는 반장에게 토스했다. 이 노래는 요즘 라디오에서 매일같이 나왔다. 여인들의 영혼을 흔든 위대한 형의 노래라며 영일이 영어사전을 뒤적이며 외웠던 노래였다. 이 노래를 반장이 알까? 잠시 망설이던 반장은 놀랍게도 이 노래를 이어서 불렀고, 곧 후렴이 시작되며 둘이 입을 모아 불렀다.

"스윗 캐롤라인 굿 타임즈 네버 씸 소 굿."

갑작스레 벌어진 뮤지컬 같은 광경에 아이들은 입을 딱 벌리고 있었다.

노래가 끝나자, 영일은 환희에 차올라 외쳤다. 침방울이 여기저기로 튀었다.

"이제 난 네 말을 믿을 수 있어. 이렇게 예술을 사랑하는 너의 말이라면!"

영일은 책상에 놓인 세 알의 환을 입에 쓸어 넣었다. 순식간에 벌어진 일이라, 나는 그저 바라보기만 했는데, 담임이 꿈에서 깨어난 듯 고개를 마구 흔들다가 멈췄다.

"너희 둘 복도에 손들고 서 있어."

"선생님, 저는 그냥 순수한 마음에……."

반장이 애원하는데 선생님이 말을 끊고 화를 눌러 가며 말했다.

"그냥 조용히 나가."

영일과 반장은 주춤주춤 움직이며 자꾸 뒤를 돌아보았다. 선생님이 막대를 들고 흔들자 둘은 교실에서 뛰어나갔다.

나는 손을 들었다.

"넌 또 뭐야?"

담임이 피곤한 듯 나를 바라보았다.

"이 약은 어떻게 해요?"

담임은 반장 아버지가 파는 이 약을 버리라고도 먹으라고도 하기 어려운지 두 손으로 머리를 감쌌다.

"몰라. 너희들이 알아서 해. 내가 진짜, 이 반 맡고부터 머리가 더 빠진다."

담임은 뒤돌아서 칠판에 수학 공식을 쓰기 시작했다. 나는 책상 위의 총명환을 버릴까 하다가 마음을 고쳐먹었다. 혹시 모르는 일 아닌가. 지금 공부고 뭐고 나의 사회생활과 아버지 직장이 달린 아주 중요한 문제가 있다. 이걸 먹으면 아이디어가 마구 떠올라 편지를 잘 쓸 수있을지도 모른다. 지푸라기라도 잡아야 하는 법이다.

나는 환을 입에 털어 넣었다. 소화가 잘되라고 입에서 오래오래 씹었다. 앞자리 영일의 짝, 귀동은 '이상해지고 싶지 않아' 하는 표정을 짓고 자신의 몫은 건들지 않았다. 나는 귀동의 환을 가져다 입에 넣고 내 짝이 안 먹는 것도 먹었다. 기왕 먹는 거 확실히 효과를 봐야 할 것 아닌가. 내가 적극적으로 먹는 것을 보고서 자기 것을 먹는 애들도 있었지만, 먹기 꺼림칙하고 버리기도 뭣한 아이들은 본인 몫을 나에게 갖다 주었다. 나는 나의 뇌가 총명해지기를 기대하며 모조리 씹어 먹었다. 몸 바쳐 예술을 하고자 하는 이 영혼을 하늘이 도와주시기를 간절히 기도했다.

학교가 끝나 나는 영일과 같이 집으로 향하다 방향을 돌렸다.

"야, 어디가?"

영일이 물었다.

"예술적 영감이 필요해서. 난 혼자 갈게."

나는 심각한 얼굴을 한 채 성큼성큼 걸었다. 내 뒤에서 영일은 소리쳤다.

"집에서 난닝구만 입고 써 봐. 그게 최고야."

쯧쯧, 예술은 '난닝구' 같은 외적 조건에서 나오는 것이 아니거늘. 맑은 공기를 마시고 내 안에서 예술을 끌어올리면 된다. 파랑새가 먼 곳에 있는 게 아니라, 집 안에 있었다는 동화처럼 말이다.


나는 바람을 맞으며 모자를 벗어 가방에 집어넣고는 버스 정류장에 와서 잠시 서 있었다. 어디로 가지? 시원한 공기를 마실 수 있는 곳은? 눌린 머리를 털며 고민하는데 누가 말을 걸었다.

"야, 비듬 떨어져."

전에 들었던 목소리였다. 뒤에도 옆에도 아무도 없었다. 누구 목소리더라? 나는 사실 잘 알고 있었다. 누군지 고민하는 척할 뿐이었다.

손에 닿기만 해도 사라질 것같이 사랑스러운 소혜의 목소리였다.

"어디야? 나와. 장난하지 말고."

정말 아무도 없었다. 두리번거리는 나를 보고 걸어오던 행인이 같이 두리번거렸다. 아무것도 없으니 행인이 '저 사람 왜 저래?'라는 눈빛을 보내더니 지나가 버렸다.

맙소사!

환청이었다. 감정이 정체되어 뇌에서 견딜 수 없게 되면 회로가 끊어지며 불꽃이 사방으로 튀며 일어나는 뇌 분열 상태였다. 나는 또 고개를 떨구는 순간, 분열된 내면의 불꽃 에너지가 나를 어디론가 이끌었다. 내가 도달한 곳은 바로 그 만화방이었다.

내가 소혜를 만나기 전에는 간 적이 없었고, 그 이후도 다시 간 적 없는 외진 곳의 만화방을 찾을 수 있던 것은 순전히 내 내면에서 불꽃을 튀기는 그 어떤 힘이라고 할 수 있었다.

내가 문을 열고 들어서자마자 만화방 아저씨와 눈이 딱 마주쳤다.

"오늘 소혜 안 왔어."

아저씨가 그렇게 말하는 순간, 소혜 때문에 온 게 아니라고 반박하려 입을 열었다. 그건 순전히 오해니까.

"네."

나의 입은 때때로 주인의 허락도 없이 정직이라는 가훈을 잘 따랐다.

나는 침울하게 돌아섰다.

"비듬 털었냐?"

소혜였다. 만화방 흙바닥에 서 있는 천사라니. 나는 침을 꿀꺽 삼켰다. 소혜가 진주 같은 치아를 드러내며 환히 웃었다.

비듬은 무슨, 나는 작게 말하며 어깨를 털었다. 소혜가 성큼 다가와서 내 머리를 헝클어뜨렸다. 나는 피하지 않고 가만히 있었다.

"아까 너 어디 있었어? 소리만 들리고, 안 보이던데."

"쓰레기통 뒤에 숨었지. 쓰레기통 색이 우리 교복 색하고 같아서 그런가? 호호호."

심플한 회색 교복을 입어 그런지 소혜가 더 빛나 보였다. 교복을 눈으로 훑어 내리다 소혜의 스커트를 보니 그날 보았던 허벅지가 떠올라 나는 얼굴이 빨개져서 고개를 번쩍 들었다.

"너 뭐야? 이 엉큼한 놈."

"아니야. 왜 이래?"

"됐다. 지금 나도 남을 뭐라 그럴 처지가 아니란다. 스트레스 하도 많이 받아 살육, 피바다, 고통, 절규가 가득한 문학이 필요해 오늘 이곳을 찾았지. 그 참혹한 현장에 너도 동참하지 않으련?"

무슨 무협지 주인공이나 되는 듯한 말투에 나는 코웃음을 치고 뭐라 말하려는데 소혜는 벌써 저만치 책장 앞으로 가서 책 고르기에 여념이 없었다.

나는 내면에서부터 차오르는 기쁨이 웃음으로 표현되려는 것을 자제하고 얼른 소혜 옆에 가서 섰다.

"내 영혼에 흩뿌려진 피? 이게 제목만 이렇고 네 영혼을 흡족케 할 만큼 잔인하진 않아. 난 이걸 추천해."

나는 소혜에게 책을 건넸다.

"내 눈에 뽕뽕 사랑이? 이게 뭐야?"

"오히려 이게 상황적 잔인함에 분노하게 되고, 시원하게 복수가 이루어져 카타르시스를 느낄 수 있어."

이 시리즈는 우리 학교에서 꽤 인기가 있었기에 자신 있게 추천했다.

"아무리 그래도 난 제목부터 꽂혀야 해."

소혜가 책을 내게 돌려줬다.

"난 잔인한 걸 좋아하는 게 아니야. 난 시원한 액션 신을 좋아할 뿐이야. 거기에 따르는 다양한 색감을 즐기는 거고. 잘린 목에서 흐르는 시뻘건 피, 주먹을 불끈 쥐자 솟아오른 퍼런 혈관, 시푸르뎅뎅했다가 누리끼리해진 허벅지의 멍. 뭐 그 정도."

나는 그래, 너 잘났다고 되받아치려는 데 소혜가 고개를 돌리자 머리가 흩날렸다. 산뜻한 꽃향기와 소혜의 체취가 섞여 나를 기습하니 나는 기절 일보 직전이다.

"아저씨, 저 지난번 못 본 거랑 이거 볼 거예요."

"지난번에 찾던 내 주먹이 슬프다 나왔는데 볼 거야?" 아저씨가 카운터 뒤에서 책을 꺼냈다.

그때, 저쪽에 앉아 있던 머리를 빡빡 민 젊은 남자가 씩씩대며 아저씨 앞으로 왔다.

"제가 아까 찾았을 때는 없다고 하시더니."

"내가 깜박했나 봐. 미안해. 여기 여학생이 한 달 내내 찾던 거라 여학생 보니까 딱 생각이 났지 뭐야."

만화방 아저씨가 살살 달랬다.

"아저씨, 저는 두 달 동안 찾았어요."

빡빡이 남자가 억울해서 말하자 소혜가 남자를 불렀다.

"오빠, 저 엄청 빨리 읽거든요. 얼른 보고 드릴게요."

생각지 못하게 오빠라고 불린 데다 생글거리는 소혜의 얼굴을 본 빡빡이 남자는 귀까지 빨개졌다.

"아, 아니야. 천천히 봐도 돼."

"오빠, 고마워요."

소혜가 그 빡빡이를 오빠라고 다정히 부르는 모습을 보니 나는 속에서는 열불이 올라왔다. 고맙기는 뭐가 고맙다고. 이건 정말 아니지.

"이리 와."

소혜를 끌고 나는 빡빡이로부터 멀찍이 앉았다. 원래도 만화방에 여자들이 많지 않지만, 오늘따라 소혜밖에 없었다. 그러다 보니 소혜가 눈길을 끄는 것은 사실이었다. 그렇지 않아도 사슴처럼 귀엽고 사랑스러운 애가 이런 만화방에 오니 징그러운 남자들이 더 침을 질질 흘리는 거 같아 나는 심기가 불편했다.

"넌 안 봐?"

소혜가 자리에 털썩 앉으며 물었다.

나는 머리를 좌우로 흔들었다.

"만화라도 봐. 돈 없어? 내가 빌려줄까?"

"그런 거 아니거든. 난 지금 중요한 일을 해야 해서."

"여기는 만화방인데 무협지를 읽거나 만화를 봐야지, 그냥 앉아 있으면 어떻게 해."

소혜가 의아한 듯 나를 보다가 갑자기 소리 내 웃었다.

"괜찮아, 괜찮아. 내가 이래 봬도 상당히 개방적이야."

소혜가 나를 떠밀었다.

"왜 밀어?"

"빨간책 보고 싶어서 그러는 거잖아. 나도 호기심에 몇 권 읽어 봤지. 디테일 좋은 거 추천해 줘?"

"야, 그런 거 아니거든?"

"그래, 너 하고 싶은 거 해. 난 내 거 본다."

'내 주먹이 운다'를 펴든 소혜는 엄청나게 빠른 속도로 읽기 시작했다. 나는 내가 구현해야 할 사랑 고백의 대상이 지금 이 자리에 있다는 걸 떠올렸다.

그래, 이건 철저히 의뢰받은 연애편지를 쓰기 위함이야. 난 예술인으로서 최선을 다하는 것일 뿐이다.

나는 옆에 앉은 소혜를 꼼꼼히 관찰했다. 시각적 묘사를 적절히 하려면 상대방의 특징을 잘 집어내야 하기 때문이었다.

어깨까지 오는 검은 머리는 한 올 한 올 두툼한 게 단백질 공급이 잘된 듯했다. 윤기도 좌르르 흘렀다. 조선 시대처럼 머리를 길러서 쪽을 졌다면 매초롬하게 예뻤을 것 같다.

쪽 찐 머리? 그건 유부녀라는 뜻인데, 누구의 부인인 거지? 혹시, 나?

나는 상상 속으로 풍덩 빠졌다.


머리에 상투도 틀고 짚신을 신은 기철이란 사내가 지게에 나무를 가득해서 사립문에 들어선다.

"부인, 나 왔소."

"어머, 서방님, 나무를 많이도 해 오셨네요. 힘드셨지요?"

큰 나뭇짐을 내려놓는 기철에게 소혜가 달려 나온다. 소박한 무명 한복을 입었지만, 아름다움은 더 돋보일 뿐이다. 쪽 찐 머리에 건강한 피부, 반짝이는 눈까지 하나의 예술이다.

"하나도 힘들지 않소. 이렇게 나무를 든든히 해 놔야 매일 밤 당신과 따뜻하게 지낼 수 있지 않겠소."

"아이, 부끄럽습니다. 어머머, 이 팔뚝 좀 봐. 근육이 나날이 커지시니."

소혜가 기철의 팔을 만지며 감탄한다.

"이게 다 당신이 잘 챙겨 줘서 그런 거지. 허허."

너털웃음을 짓는 기철.

"어서 방에 드셔요. 제가 얼른 밥을 챙겨 가겠습니다."

"당신도 온종일 힘들었을 텐데, 같이 준비해요. 부인."

뒤에서 기철이 소혜를 살며시 안는다.

"아이참, 누가 보면 어쩌려고."

부끄러워하면서도 몸을 빼지 않는 소혜가 사랑스러운 기철은 더 꼭 끌어안아 준다.

"고마워요, 내 아내가 돼 줘서."

소혜가 암말이 없다. 부끄러워서 그런가 보다. 정말 사랑스러운 부인이야.


"침이나 닦아."

나는 헤벌쭉 침을 흘렸다는 것을 알고 손으로 쓱쓱 닦지만, 잠에서 완전히 깨어나지는 않았다.

"부인?"

머리에 강한 충격을 받고서야 나는 눈을 떴다. 예술에 집중하다 보니 살짝 잠이 들었었다.

"이 책들 저 오빠한테 갖다 줘."

어느새 다 읽었는지 소혜가 '내 주먹이 슬프다'를 내게 건넸다.

"네가 갖다 줘."

"난 이것도 읽어야 한단 말야. 만화방 와서 잠만 자면서. 됐다, 됐어."

벌떡 일어나는 소혜를 나는 다시 앉혔다.

책을 갖다 주면서 빡빡이한테 또 오빠라고 부를 거 아닌가. 저놈은 실실대겠지. 절대 안 돼.

"내가 갖다 준다."

나는 책을 들고 빡빡이 앞으로 갔다.

"이거."

책을 내밀자 빡빡이가 나를 머리부터 발끝까지 유심히 보며 머리를 절레절레 흔들었다.

"말도 안 돼. 쟤는 왜 이런 애랑 다니지?"

나는 한마디 쏘아 주려고 눈을 휙 돌렸는데 빡빡이 가방에서 비죽 삐져나온 쌍절곤이 보였다.

대인배는 쉽게 화를 내지 않는 법이다.

나는 아무 일 없는 듯 돌아서서 소혜 옆으로 돌아가 앉았다. 독서 삼매경인 소혜를 곁눈질로 보았다. 누구는 예쁘다고 할 거고, 어떤 사람은 예쁘지 않다고 할 수 있는 얼굴이다. 쌍꺼풀은 없지만 큰 눈, 곧은

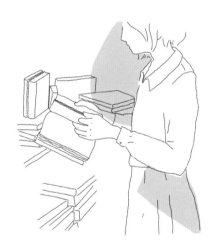

콧날, 단정한 입술이 지적이었다. 닥터 지바고에서 나왔던 라라 같은 순수하면서 거부할 수 없는 매력이 넘쳤다. 나는 그 영화를 보고 며칠 밤잠을 이루지 못했었다.

닥터 지바고의 그 라라?

"그럼 엄청 예쁜 거잖아!"

내가 벌떡 일어나며 외치자 만화방 안의 사람들이 일제히 나를 쳐다보았다.

"왜 그래? 앉아."

소혜가 내 팔을 잡아끌어 나를 앉게 했다. 나는 이렇게 마음속에 무언가 떠오르면 크게 소리칠 때가 있다.

"나 네가 살짝 부끄러워지려고 해."

나는 아직 팔에 남은 소혜의 느낌이 사라지지 않기 바라며 가만히 앉아 있었다. 이렇게 아름다운 소녀 곁에 있다는 것, 이 소녀를 위해 사랑의 편지를 써야 한다는 것은 행복인 게 틀림없다. 다만, 그 편지는 내 이름으로 전해지지 않을 것이다. 그뿐인 거다. 그래도 여전히 행복인 거겠지. 그렇겠지.

"야, 너 왜 그래? 교복이 남아나질 않겠다."

정신을 차리고 보니 눈물이 뚝뚝 흘러내려 교복 앞섶이 흥건히 젖어 있었다.

"부끄럽다고 해서 그래? 알았어. 사실 우는 남자 좀 그렇지만 부끄럽다고는 하지 않을게. 인간미로 받아들이려 노력 중이야."

소혜는 쉽지 않다는 듯 이마의 땀을 닦는 척하며 한숨을 내쉬었다.

내 앞에서 내쉬는 소혜의 숨이 향긋했다. 나는 숨이 멎을 것 같았다.

저 손가락은 길지만 정말 튼튼해 보이는구나. 저 넓은 이마는 천장의 형광등 불빛에 밝게 빛난다. 어쩜 이 애는 이렇게 완벽한 건지.

나는 다시 울기 시작했다.

"어머, 얘 왜 이래?"

소혜가 주머니에서 손수건을 꺼내 내게 내밀었지만, 나는 하염없이 눈물만 흘렸다. 소혜가 잠깐 나를 노려보다가 다시 한숨을 내쉬고는 손수건으로 내 눈물을 닦아 주었다.

"아저씨, 저희 다음에 올게요."

나는 소혜와 만화방을 나왔다. 그새 차가워진 바람이 불어왔다. 파란 하늘이 더 짙어지고 높아졌다.

"안에 있다가 밖에 나오니까 좋다, 그치?"

소혜가 가슴을 활짝 펴 차가운 공기를 깊게 들이마시고서 말했다.

"응."

나는 코를 훌쩍이며 대답했다. 소혜와 함께 있는 시간은 괴롭고도 달콤했다.

"난 이쪽으로 가. 낼모레 인터뷰하기로 했지? 그때 보자."

"소혜야, 너 그런데 충분히 스트레스 풀었어? 일찍 나오느라 책도 다 못 보고."

"어쩔 수 없지. 우리 인생이 맘먹은 대로만 되지는 않는 거잖아."

"잘린 목에서 낭자하게 흐르는 시뻘건 피는 없지만, 시원한 액션이 있는 곳이 있어, 갈래?"

"너랑?"

소혜가 별로 내키지 않는 듯 나를 흘겨보았지만, 꼭 싫지는 않은 표정이었다.

"거긴 통쾌하고 건전한 실질적 액션이 있는 곳이야."

"어딘데?"

주저하는 소혜를 끌고 골목과 큰길을 지나 나는 한 탁구장 앞에서 멈췄다. 소혜의 눈이 커졌다. 소혜는 탁구장에 와 본 적이 없나 보다. 그래, 저 가냘프고 여린 팔로 탁구채를 잡아 본 적이 없을 테지. 이건 절호의 기회였다.

내가 소혜에게 자상하게 탁구를 가르쳐 주는 모습이 그려졌다. 요새 내 팔에 힘을 꽉 주고 자세히 보면 정맥이 보이고 근육도 도드라지는 게 내가 봐도 남성미 넘친다. 소혜는 내게 함빡 빠질 수 없는 운명인 것이다.

나는 회심의 미소를 지었다. 그때 탁구장에서 남자애들이 떼거리로 나오더니 소혜를 보고 휘파람을 불고는 지나갔다. 나는 당황했다.

"안 되겠다. 네가 탁구를 좋아하는지 묻지도 않고 데려왔네. 다른 데 가자."

"아냐, 나 탁구 엄청 잘 쳐."

"그게 아니라."

소혜가 탁구장에서 뛰어다닐 때 소혜의 교복 치마가 펄럭 팔락할 걸 생각하니 아찔했다. 여기는 진화가 덜 된 유인원 같은 놈들이 득실거리는 탁구장 아닌가. 소혜가 공을 받으려 이리 뛰고 저리 뛸 때 하얀 허벅지가 보일 생각을 하니 나는 제 무덤을 팠구나 싶었다.

"우리 초등학교에 탁구반 있었어. 특별활동으로 탁구반 했는데."

소혜가 상기되어 스매싱 동작을 해 보였다. 꽤 자세가 나왔다.

"너 그 옷 입고 괜찮아?"

"걱정은 붙들어 매셔."

소혜가 먼저 탁구장으로 들어갔다. 나는 뒤따라 들어가며 내 머리를 쳤다.

'내가 미쳤지. 그냥 헤어지는 게 아쉽다고 여길 데려오다니!'

탁구장은 창고로 쓰던 곳에 탁구대 여덟 개가 놓여 있었다. 카운터를 겸한 작은 매점에 주인아줌마가 있을 뿐이었다. 그런데도 전혀 칙칙하지 않은 이유는 화려하게 옷을 입은 여학생들이 있기 때문이었다.

땅땅한 엉덩이와 허벅지의 굴곡 그대로 드러나 보이는 알록달록 판탈롱 바지를 입고 탁구를 하는 여학생들이 환호를 지르기도 하고 아쉬워하기도 했다. 여학생들의 경기를 응원하는 남학생들도 있고, 멋진 플레이로 눈길을 끌려는 남학생들은 과한 액션과 거친 숨과 외침으로 탁구장을 가득 메웠다.

중학교 1학년 때 영일과 한 번 왔다가 꼬맹이는 가라는 2학년 선배의 말에 그대로 뒤돌아 나온 후, 온 적이 없다. 막연히 꼭 다시 와야겠다고 생각했지만, 지금도 살짝 감당이 안 된다. 도로 나가려고 소혜를 찾는데 소혜가 보이지 않았다.

얘는 도대체 어디 있는 거야. 혹시?

이렇게 예쁜 여자애를 처음 본 짐승 같은 남자애들이 소혜를 둘러싸고 있다면? 걱정이 내 머리를 채우자 눈이 확 돌아갔다.

나는 머리를 쥐어박아 가며 탁구장 여기저기를 헤집고 다녔다. 너무도 단순한 구조의 건물인데 왜 이리 소혜가 안 보이는 건지.

혹시 애, 진짜 천사여서 도로 하늘로 가 버린 거 아냐?

그렇게 예쁜 애가 인간일 리가 없다는 결론이 머리를 꽈당 치자, 나는 다시 눈물이 맺히려 했다.

"이기철, 너 왜 여기 있나?"

영일이었다. 얘가 여기 왜 있는 거지?

"예술적 영감 받으러 온 거야? 탁구장에?"

"넌 여기 왜 있냐?"

"나도 예술적 영감 받으러 왔지."

영일의 눈이 알록달록 옷을 빼입은 여학생들에게 꽂혔다.

"쟨 뭐냐? 저기, 저기."

영일이 가리키는 곳을 보니 소혜가 뻘건 체육복 바지를 치마 아래로 끌어 올리는 중이었다.

"쟤, 걔 맞지? 찬이가 연애편지 쓰라고 너한테 부탁한 여자애."

우리 쪽으로 소혜가 다가오자 영일은 당황했다.

"쟤가 왜 이리 오지? 어, 어?"

소혜가 와서 내 손을 잡아끌었다.

"탁구 치자. 나 준비 다 됐음."

내가 소혜에게 끌려가는 모습을 영일이가 보고 눈이 휘둥그레졌다.

입 모양으로 '너 뭐야?' 라고 했다. 나는 고개를 내저었다.

영일이 쫓아와서 소혜에게 말을 걸었다.

"안녕, 난 영일이라고 해. 기철이 친구야."

소혜는 영일을 훑어보고는 아무 말도 안 했다. 나는 얼른 끼어들었다.

"소혜야, 얘는 내 친구인데 어떻게 여기서 우연히 만났네. 영일아, 얘는 소혜야. 성심여중 교내 신문기자."

"그렇구나. 너희 오늘 인터뷰하러 만난 거니?"

영일이 웃으며 소혜에게 묻자, 소혜는 무슨 말이냐는 듯 이마를 찌푸리며 고개를 갸우뚱했다.

"아, 오늘 내가 만화방 갔는데 우연히 만난 거야. 소혜가 스트레스 풀고 싶다고 해서."

내가 얼른 대답했다.

"얘는 원래 저렇게 말이 없니?"

영일이 내 귀에 속삭였다.

"나도 얘가 어떤 애라고 말할 만큼 잘 알지는 못해."

나는 대답하고는 속으로 덧붙였다. 그냥 너무너무 예쁘다는 것 외에는.

나는 서둘러 탁구채와 공을 빌려 왔다.

"야, 내 건?"

영일이 탁구채를 두 개만 빌려온 것을 보고 물었다.

"내가 네 걸 왜 빌리냐."

나는 대꾸하며 영일의 얼굴이 찡그려지는 것을 보았다.

"너 친구로서 안 그러려고 했는데, 안 되겠네. 찬이한테 지금, 이 상황에 대해 뭐라고 말할 거야?"

"야, 야, 너도 참. 탁구대가 하나니까 두 명씩 돌아가면서 치면 되는 거지. 너 먼저 칠래?"

나는 영일의 어깨를 살살 주물러 가며 말했다.

"그, 그럴까? 소혜야, 첫판은 나랑 칠래?"

영일은 환히 웃으며 소혜에게 말했다.

소혜가 암말 없이 바라보자, 영일이 다시 부드럽게 말했다.

"내가 살살 칠게. 걱정 마."

소혜는 대답 없이 탁구채를 집어 탁구대 앞에 섰다.

"네가 먼저 서브 넣어. 자."

영일이 탁구공을 건네주자 소혜가 탁구공을 들고 자세를 취했다.

"기철, 네가 심판해."

내게 말한 후, 영일이 여유롭게 웃으며 소혜에게 말했다.

"이건 다 형식인 거고, 난 살살 칠 테니 걱정하지 마."

소혜는 조용히 공을 들고 서 있었다.

내가 경기를 시작하는 사인을 보내자마자, 소혜가 서브를 넣었다. 부드럽게 들어간 공을 영일이 웃으며 잘 받아쳤다. 소혜의 눈이 번쩍하는 것을 봤다고 나는 생각했다. 어느새, 공은 소혜의 기습 스매싱으로 영일 쪽 테이블을 탁, 치고는 바닥으로 떨어졌다.

영일 얼굴에서 미소가 싹 사라졌다. 그러나 곧 영일은 하하 웃었다.

"잘했어. 잘했어, 소혜야. 그렇게 하면 돼. 그렇게 몸 풀고 시작하면 돼."

영일은 공을 주워 소혜에게 건네주며 말했다.

소혜가 다시 서브를 넣었다. 영일은 간신히 받아쳤다. 소혜는 다시 스매싱으로 끝냈다. 영일의 얼굴이 창백해졌다.

다시 공을 건네고 소혜가 서브를 넣자, 영일이 공을 강하게 쳤다. 하도 공이 세고 빨라 나의 눈은 따라가지도 못했다. 공이 탁구대 끝에 맞는 소리가 났다. 이번 공은 그 누구도 받기 어려운 공이었다. 나는 기뻐하는 영일의 얼굴을 보며 비겁한 녀석이라고 생각하는데 영일의 얼굴이 갑자기 울상이 되었다.

무슨 일이 일어난 거지? 나는 어리둥절해서 소혜를 보았다. 소혜는 탁구채를 후후 불고 있었다.

"와, 저 여자애 그 공을 살린 거야? 대단하다, 대단해."

"탁구 선수인가?"

어느새 주위에 모여든 사람들이 한마디씩 했다.

그중 하나가 영일을 향해 크게 말했다.

"학생은 저 여학생 상대가 안 되네. 왜 같이하는 거야?"

그 말에 사람들이 와하하 웃었다. 영일이 얼굴이 빨개져서 탁구채를 나에게 건넸다.

"네가 해. 난 간다."

나는 서둘러 탁구장을 빠져나가는 영일을 보며 어리둥절했다.

"이번엔 이 학생이 저 여학생하고 하려나 보네."

"이 학생이 더 잘하나 보지?"

"내가 보기엔 더 못할 것 같은데."

주위의 사람들이 자기네끼리 얘기하고 웃고, 난리였다. 나는 탁구채를 들고 이 상황을 어떻게 수습해야 할지 난감했다.

"누구, 나랑 같이 칠 사람 없어요? 날 이기면 내가 크림빵 쏩니다. 그 대신 지면, 꿀밤 한 대. 어때요?"

소혜가 소리쳤다.

사람들은 잠시 조용해졌다가 서로 손을 들며 소리쳤다.

"나랑 해."

"나도."

"줄 서."

시끌벅적하던 탁구장이 갑자기 조용해졌다. 얼굴이 크고 우락부락한 한 남학생이 앞에 나와 있었다. 사람들이 수군거림이 들렸다.

"헉, 마포고 짱 삼태 아냐?"

"몸은 좋아도 둔해 보이는데? 탁구 잘 치나?"

"쟤가 이래 봬도 탁구부에서 스카우트하려고 그렇게 애를 썼는데 노는 데 방해된다고 거절했나 봐."

"이 탁구장이 생긴 이래 진 적이 없다는데."

그때 배 속에서부터 끌어올린 듯한 짐승의 소리가 났다. 삼태였다.

"난 크림빵 싫어하는데."

누군가 이기죽거렸다.

"그럼 안 하면 되지."

삼태가 소리가 난 쪽으로 고개를 돌리는데 그 눈빛은 바로 짐승의 것이었다. 그 눈빛에 사람들이 움찔움찔 뒷걸음쳤다.

"우리 탁구 소녀님, 나는 크림빵 말고, 딴 거 받고 싶은데."

짐승이 포효하듯 삼태가 소혜에게 말했다.

"그래요? 뭐 받고 싶은데요?"

소혜가 천진하게 물었다.

"뽀뽀."

삼태가 울퉁불퉁한 자신의 입술을 그 거칠고 두툼한 손가락으로 두드렸다. 소혜가 놀란 표정을 짓고, 사람들은 야유했다.

사람들을 째려봐도 조용해지지 않자, 삼태는 마지못해 손가락을 입술에서 뺨으로 옮겼다.

소혜가 사람들을 조용히 하라는 손짓을 했다.

"좋아요."

나는 여기서 눈이 뒤집혔다.

"크림빵 싫은 사람은 볼 뽀뽀로 해요. 그 대신 지면 꿀밤 한 대 말고 둘. 오케이?"

소혜의 볼과 이 짐승들의 입술이 내게 클로즈업되어 보이고 나는 감당 안 되는 이 상황을 어떻게 대처해야 할지 몰라 눈을 질끈 감았다. 그때 소혜가 나를 툭 쳤다. 나는 눈을 번쩍 뜨고 소혜를 바라보았다. 멍하니 보는 내게 소혜가 경쾌하게 외쳤다.

"번호표!"

나는 화들짝 정신이 들어 신청자들을 보았다. 무려 아홉 명이나 되었다.

"소혜야, 정말 이 사람들하고 다 할 거야?"

"응, 한 세트씩."

소혜의 상기된 얼굴에는 확고한 결의가 넘쳤다. 나는 어느새 책가방에서 공책을 꺼내 번호표를 만들고 있었다. 사람들의 관심이 내 손의 종잇조각들에 집중되었다. 교복 모자에 번호표를 넣어 흔들자 도전자 9명이 차례로 뽑았다. 삼태는 세 번째로 뽑았는데 종이를 펴 보고 만족스러운 미소를 지었다. 9번이 적힌 번호표를 하늘 높이 들어 보이고, 삼태는 소혜에게 외쳤다.

"내 뺨에 네 체육복 색같이 진한 자국을 남겨 줘, 탁구 소녀."

나는 소혜가 걱정이 되었다. 소혜가 아무리 잘해도 9명째쯤에는 체력이 고갈되고, 집중력이 떨어질 텐데, 가장 실력자인 삼태와 경기를 하게 되다니. 지게 되면 매점에서 크림빵 사 주는 정도가 아니라 삼태에게 뽀뽀라니!

나는 너무도 분이 나서 눈물이 날 지경이었다.

"안 돼애애애!"

나는 빈 모자를 들고 절규했다. 사람들의 시선이 나에게 꽂혔다. 수군거리는 소리가 내 귀에 들렸다.

"쟤는 뭐지?"

"저 여자애랑 일행 같던데, 사귀나?"

"그건 절대 아닐걸."

"둘이 진짜 안 어울려."

삼태가 무리 중에 성큼성큼 걸어오더니 내 멱살을 잡고는 그대로 들어 올렸다. 나는 숨이 턱 막히며 꼼짝할 수가 없었다. 삼태의 괴력에 사람들은 입을 쩍 벌어졌다.

"뭐가 안 되는데?"

"그, 그게 아니고요, 캑캑."

그때, 소혜가 소리쳤다.

"나 준비됐음. 1번! 1번 어디 있어요?"

사람들이 우르르 경기가 있을 코트로 달려갔다. 삼태도 나를 바닥에 내동댕이치고 경기를 보러 갔다.

나는 모자를 꼭 쥐고 바닥에 널브러져 시멘트가 드러나 있는 천장을 바라보고 있었다. 내가 할 수 있는 것은 무엇일까 생각했다. 경기가 시작된 것도 아랑곳없이 천장만 뚫어지게 보았다.

와, 사람들의 함성이 들렸다.

"어떻게 이 여자애는 한 점도 안 내주지?"

"그게 계속되기는 어렵겠지."

"어어, 저기 1번 남자애 딱밤 맞는다."

"킥킥, 딱밤이라니. 저 여자애나 맞는 애나 다 귀엽다."

날카로운 괴성이 탁구장을 메우더니 정적이 탁구장에 내려앉았다. 나는 도대체 무슨 일이 벌어진 것인지 어리둥절해져서 벌떡 일어났다. 사람들을 헤치고, 소혜에게 달려가서 바닥을 내려다보았다. 첫 번째 도전자로 보이는 한 소년이 바닥을 뒹구는데 두 손으로 얼굴을 감싸고 있어 잘 보이지 않았지만, 목까지 발갛게 물들어 있었다. 한참을 뒹굴던 소년이 일어났을 때, 소년의 이마에는 선명한 손가락 자국이 나 있었다.

나에게 마실 걸 가져오라고 소혜가 몸짓을 했다. 나는 후다닥 매점으로 가서 콜라를 들고 달려와 탁자에 탕하고 내려놓았다. 탁구장 아줌마가 뛰어와서 내 앞에 돈 달라고 손을 내밀었다. 나는 아줌마를 무시하고 소혜가 콜라를 벌컥벌컥 마시는 것을 바라보았다.

아줌마가 내 뒤통수를 때리자, 그제야 나는 주머니에서 동전을 꺼내 콜라값을 냈다.

어쩜 콜라를 마시는 모습도 모델같이 예쁜 거지?

나는 아픈 뒤통수를 잡고 소혜를 보았다. 그 어느 때의 소혜보다도 지금의 소혜는 정말 아름다웠다. 위엄있고 당당한 여신같이 소혜는 엄청난 에너지를 뿜어내고 있었다. 나는 눈을 질끈 감았다. 너무 눈이 부셨기 때문이다.

소혜를 힘껏 응원하고, 소혜가 목말라 하면 음료를 준비하고, 소혜의 아름다움에 취해 이 순간을 즐기자. 그것이야말로 이 순간을 가장 멋지게 살아내는 게 아니겠는가.

벌써 두 번째 도전자와의 대결에 들어간 소혜가 빨간 체육복으로 감싼 다리를 민첩하게 움직이며 교복 치마를 휘날렸다. 사람들의 함성, 탁구공이 탁구채에 맞아 공중을 가르는 소리, 탁구대를 치는 소리가 탁구장 안을 가득 메웠다.

이제 관중의 관심은 소혜가 이기느냐 지느냐가 아니었다. 소혜가 점수를 한 점이라도 내줄 것인가 하는 문제였다. 벌써 여섯 번째 경기가 끝났다. 소혜는 지칠 줄 모르고, 딱밤의 위력도 그치지 않았다. 여기서 두 대의 딱밤을 감당해 낼 사람이 없어 다시 한 대로 정해졌음을 밝혀둔다. 여섯 번째 도전자였던 스무 살이 훌쩍 넘어 보이는 아저씨는 고통에 겨워 이마를 움켜쥐고 펄쩍펄쩍 뛰었다가 다시 돌아와 소혜 앞에 무릎을 꿇었다. 그의 손에는 경기에 사용한 탁구공이 들려 있다.

"탁구 소녀, 이 탁구공이 그대와 내 사이를 오갔지. 여기에 입 맞춰 줘. 영원히 간직하고 싶어."

그때 탁구장 아줌마가 소리치며 달려왔다.

"누구 맘대로! 탁구장 기물 가져가면 죽는다!"

탁구장 아줌마가 여섯 번째 도전자 뒤통수를 탁, 치고서 공을 빼앗아 소혜에게 주었다.

"학생, 계속 경기 뛰셔."

탁구공을 받아 든 소혜, 잠시 탁구공을 바라보더니 입을 맞추고 하늘로 들어 올렸다.

사람들이 환성을 지르고, 탁구 소녀를 부르짖기 시작했다. 소혜가 눈짓으로 나에게 사인을 보냈다. 나는 그 사인을 알아듣고 나는 사람들을 조용히 시키고 소혜가 다음 도전자와 경기에 임할 수 있도록 준비했다.

"어머머, 이게 뭐야."

"헉, 저놈 뭐지?"

당황한 관중이 놀라서 바라보는 곳에는 일곱 번째 도전자가 있었다. 뿔테 안경을 쓴 남학생인데 우리 학교 1년 선배였다.

무슨 일인데 사람들이 그러지?

의아해서 유심히 보니 선배의 교복 바지가 젖어 있었다.

설마, 바지에 실례를?

조용해서 평소에는 눈에 띄지 않는 선배인데 체스반에서 활동한다. 체스반을 맡으신 선생님이 예쁘다고 해서 거기에 들까 해서 가 봤을 때, 이 선배가 체스반 총무로 열심히 활동하는 것을 봤었다. 들려는 사람이 하도 많아 결국 못 들기는 했지만, 진지하게 체스의 철학을 나누던 선배의 모습이 아직도 생각났다.

"체스란 아름답게 지는 법을 배우는 가장 재미있는 놀이야."

"선배님, 그게 무슨 말씀이세요?"

"전쟁이잖아. 누군가는 꼭 지게 되지. 비기는 법은 없어. 삼국지가 처음에는 재미있는데 나중에는 슬퍼서 보기도 싫거든. 각 나라를 차지한 천하의 영웅들이 다 죽어 가잖아. 심지어 끝까지 살아남아 승자처럼 보이는 조조도 상당한 정신질환을 겪고."

나는 어린이 삼국지를 즐겁게 읽었던 터라 선배의 말을 알아들을 수 있다는 게 내심 뿌듯했다. 아버지가 사다 놓으신 월탄 박종화의 삼국지도 읽어 봐야겠다고 다짐하며 선배의 이어지는 말에 집중했었다.

"체스에 임할 때마다 선수는 알고 있지. 이길 수도 질 수도 있는 자신의 운명. 이긴다면 좋은 일인 거야. 하지만 진다면 부끄러움 없는 죽음이 되기 위해 한 수 한 수 최선을 다하는 거야. 그게 아름답게 지는 거고, 우리가 삶을 대하는 자세야."

나는 수려한 말에 반해서 체스반에 가입하려 했었다. 그러나 너무 많은 지원자가 오는 바람에 가위바위보를 했는데 지고 말았다. 가위바위보에서 이긴 애들이 예쁜 선생님과 체스반에 들어가는 모습을 보고 얼마나 가슴 아파했던가.

나는 지금 그 선배가 여기서 경기를 시작하기도 전에 바지에 오줌을 지린 모습을 보았다. 소혜가 당황해하는 기색이 역력했다.

"선배님."

나는 어쩔 줄 모르고 서 있는 선배를 부축해 밖으로 나갔다.

"선배님, 잘 가실 수 있겠어요?"

선배 눈에 눈물이 그렁그렁하다가 주르륵 흘러내렸다.

"부탁이 있는데, 이 얘기는 학교에 절대 하지 말아 줘. 그리고……."

잠시 망설이다가 선배가 말을 이었다.

"울었다는 것도."

나는 선배의 손을 마주 잡으며 고개를 끄덕였다.

"우린 인간일 뿐인걸요."

선배가 척척한 바지를 입고 어기적어기적 걸어가는 뒷모습을 아련하게 바라보았다. 나는 얼른 정신을 차리고 탁구장으로 들어갔다.

"와, 대단한데!"

"스매싱! 좋았어!"

탁구장으로 들어오자 열띤 사람들의 함성이 터지는 순간이었다. 여덟 번째 상대는 샛노란 판탈롱 바지에 딱 달라붙는 '핫핑크' 티셔츠를 입은 고등학생 누나였다. 공을 칠 때마다 질러대는 괴성에 나는 깜

짝깜짝 놀랐다. 껌 좀 씹는 누나인가 보다. 옆에 선 다른 누나는 핑크
노랑 선수가 씹던 것으로 추측되는 껌을 두 번째 손가락에 붙이고 서
서 풍선을 불고 있었다.

핑크노랑 선수는 탁구에 천부적 소질이 있는 선수로 보였다. 소혜
도 만만치 않음을 느꼈는지 입술을 꽉 다물어 양 볼이 통통하게 부풀
어 있었다.

어쩜 쟤는 입도 사랑스럽고 볼도 예쁘고. 은근 젖살 있는 볼이라 깨
물어주고 싶다니까.

그 순간 나는 감격에 취해 입이 헤 벌어져 있었다. 세상에서 제일 귀
여운 존재가 내 앞에서 이렇게 부지런히 움직이고 있었다. 사람들은
이리 뛰고 저리 뛰는 공과 그 어려운 공을 받아내는 선수들의 현란한
개인기에 정신이 없었다.

"아니, 한 세트 끝나기가 이렇게 어렵네."

"벌써 몇 분째야."

"원래 여자들이 더 무서운 법이지."

교복에 빨간 체육복 바지의 소혜, 핑크 쫄티에 노랑 판탈롱 바지의
선수는 계속 뛰었다. 그런데 역시 나이의 힘일까. 한 살이라도 더 어린
소혜는 아직 여유로운데 핑크노랑 선수는 서서히 지쳐 가는지 눈빛이
살짝 흔들렸다. 자꾸 실점하더니 급기야, 한 점만 더 잃으면 소혜에게
무릎을 꿇어야 하는 순간이다.

"워낙 공이 오래 왔다 갔다 하다 보니 선수들이 지쳐 가는 거 같아."

"탁구 소녀는 대단해. 그 많은 도전자와 경기를 했는데도 지친 기색

이 없어."

"판탈롱 선수는 이제 지쳐 보이지?"

갑자기 핑크노랑 선수가 타임을 외쳤다. 친구 손가락에 붙어 있던 껌을 집어 들더니 씹기 시작했다. 핑크노랑 선수가 친구에게 눈짓하니 친구가 알았다는 듯 고개를 끄덕이곤 씹던 껌을 더 열심히 씹었다. 둘이 한참 껌을 씹다가 소혜에게 다가갔다. 소혜는 콜라를 마시다 다가오는 그들의 눈을 보았다.

나는 뭔가 이상한 느낌을 받아 소혜 옆으로 달려갔다. 두 판탈롱 여학생들이 동시에 소혜를 향해 껌을 뱉었다. 이 세상의 힘이 아니었다. 나는 몸을 공중에 날려 소혜를 덮었다. 사람들은 이게 무슨 영문인지 모르고 조용하다가 누군가 비명을 질렀다.

"아악, 피다!"

나는 얼른 소혜가 괜찮은지 살폈다. 소혜는 놀랐을 뿐 피는 나지 않았다. 왜 사람들이 피라고 했을까? 소혜는 나를 보고 비명을 질렀다.

"너, 어떻게 해!"

"난 괜찮아, 소혜야, 걱정 마."

소혜가 내 머리를 가리켰다. 내 뒷머리를 손으로 쓸었다. 아무 느낌도 나지 않았다. 나는 소혜를 안심시키려 웃으며 말했다.

"뭐, 괜찮네."

소혜가 또 비명을 질렀다. 내 손바닥에는 피가 흥건히 묻어 있었다.

"학생, 뒤통수에 피 나."

"아니, 저 여자애들이 씹던 껌에 칼날이 있었나 봐!"

사람들이 웅성거렸다. 판타롱 여자애들은 도망치기 시작했다.

"어서 잡아!"

누군가가 외쳤고 몇몇 사람들은 여자애들을 쫓아 뛰어나갔다.

"괜찮아, 학생?"

탁구장 아줌마가 물었다.

나는 멍하니 피에 젖은 손바닥을 보고 있었다.

"괜찮아, 기철아?"

소혜가 사랑스러운 눈망울에 걱정을 가득 담아 나를 올려다보았다.

사슴 같아. 너무너무 맑다.

나는 미소를 지으며 괜찮다고 말하려다 그대로 쓰러졌다.

# 시장통에 울리는 종소리

　직원들은 나보다 먼저 점심을 먹으러 회사 밖으로 나갔다. 나는 미적대다가 얼마 전에 써 둔 사직서를 잠바 안주머니에 넣고 책상에서 일어섰다.

　나는 회사에서 나와 종로서적 뒷골목으로 향했다. 골목 안으로 들어서자 꽤 차가워진 바람이 불어왔다. 좁은 골목 깊숙이 자리한 국수를 파는 포장마차에서 따뜻한 김이 모락모락 피어오르고 있었다. 나는 여럿이 앉는 길고 좁은 나무 의자 한곳에 앉았다.

　지게꾼과 고학생으로 보이는 학생이 앉아서 국수를 먹고 있었다. 나는 늘 50원짜리 짜장면 대신 훨씬 싼 10원짜리 국수를 점심으로 먹었다. 일곱 식구 가장으로서 당연히 그래야 한다고 생각했고 뿌듯하기까지 했다. 문제는 국수를 먹으면 시장기를 빨리 느낀다. 퇴근길에 너무 배고파서 풀빵 하나를 사 먹은 적이 있다. 그때 죄의식을 느꼈기에 그다음부터는 퇴근 전에 물 한잔을 마셨다.

배불리 먹었다는 느낌이 들게 아주 천천히 국수를 먹기 시작했다. 국수를 먹는 동안 사직서에 대해서 생각했다.

한 달쯤 됐다. 공업고등학교 전기과를 갓 졸업하고 우리 회사에 들어온 청년이 전기 공사를 하다가 전봇대에서 떨어져 죽었다. 나는 사장에게 가족에게 보상금을 지급해야 한다고 말했다. 사장은 타는 담배를 손가락에 끼고 나를 노려보았다.

"이 계장, 헛소리 좀 그만해. 장례 치러 주고 퇴직금 주고 위로금 주었으면 됐지. 회사 사정 몰라서 그래?"

"그 친구는 잘못이 없습니다. 7호 전신주에서 혼자서 작업했습니다."

"두 명이 하지 않았나?"

"혼자 했습니다."

"서류상에는 두 명이 한 것으로 돼 있는데 우리 잘못이라고?"

"그 서류는 사장님 지시로 미스 황이 나중에 수정한 거잖습니까?"

"그 서류에 자네가 사인했지?"

"그땐, 회사에 문제가 없도록 하기 위한 거였습니다. 당연히 보상금이 지급될 줄 알았어요."

사장은 담배가 일그러지도록 엄지로 눌러서 껐다.

"한 푼도 못 줘. 절이 싫어? 그러면 중이 절을 떠나야지."

나는 사장이 무슨 말을 하든, 개의치 않고 매일 설득했지만 허사였다. 10억이면 갑부 아닌가 하고 사장 친구들이 말하면 사장은 피식 웃으며 1조도 안 되는데 내가 무슨 갑부야, 라고 말하는 사람이었다.

오늘 오전에도 사장과 입씨름했다. 사장은 한결같이 절이 싫으면 중이 떠나야 한다고 했다. 사장을 설득하는 것은 불가능해 보였다. 내가 회사를 그만두어야 하는 건가, 아니면 청년 일은 가슴에 묻고 그냥 다녀야 하는가.

국수 국물을 마셨다. 배 속이 따뜻해졌다. 한참 고팠던 배가 채워지자 먹을 수 있는 돈이 있다는 게 얼마나 고마운 일인가 새삼 깨달아졌다. 그래, 나는 일곱 식구의 가장이 아닌가. 회사 사장하고 관계가 좋지 않으면 가정은 위태로워진다. 아직 어린 자식들이 셋이나 되고. 그러면 우리 가족은 더는 따뜻한 음식을 먹지 못할지 모른다.

파 건더기까지 싹 긁어먹었다. 청년에 대한 죄책감을 털어 버리고, 사장을 설득하는 일도 멈추고, 회사에 열심히 다니겠다는 결심을 한 것이다. 국수를 다 먹고 회사로 향했다. 가다가 잠바 안의 사직서는 찢어 버릴 작정이었다.

"기철이 아버님 아닙니까?" 회사 현관으로 들어가는데 내 나이 또래의 남자가 내 팔을 두 손으로 움켜잡으며 아는 체를 했다.

"누구신지?"

나는 팔을 붙잡힌 채 남자를 보며 물었다.

기철이 반 반장 나학자 애비입니다. 모르시겠습니까? 일전에 한 번 뵌 적이 있지 않습니까? 시장통에서."

"아! 총명환! 예, 이제 기억이 납니다."


그날 기억이 선명하게 떠올랐다. 학자 아버지는 '총명환'이라는 약을 팔러 다니는 약장수였다.

"야! 이놈아! 어딜 기어들어 와서 또 약을 팔고 지랄이야!"

학자 아버지가 주인 남자에게 걷어 차여 국밥집 앞에 나동그라졌다. 메고 있던 가방에서 약상자가 쏟아져 나와 사방으로 흩어졌다. 그는 무릎으로 기어 다니며 흩어진 약상자를 허겁지겁 가방에 주워 담았다. 내가 얼른 다가가서 그를 도와 약을 줍고 있을 때 기철이 친구 학자가 달려와서 그를 부축하며 일으켜 세웠다. 학자는 기철이랑 숙제를 같이한다며 집에 온 적이 있다. 학자는 나랑 눈이 마주치니 살짝 고개 숙여 인사했다.

"아버지, 비굴하게 꼭 이렇게까지 약 팔러 다녀야 해요?"

"비굴? 먹고사는데 그런 것은 없다."

"그렇긴 한데, 싫다는 집은 인제 그만 가세요."

"참, 너 배고프지? 가자. 팥죽 한 그릇씩 먹자."

나는 두 부자의 대화에 끼어들었다.

"안녕하세요. 저는 학자 친구 기철이 아비 되는 사람입니다."

학자 아버지는 깜짝 놀라며 내 손을 잡았다.

"아이고, 기철이 아버님이시군요. 몰라봬서 죄송합니다."

"아닙니다. 저도 몰라봬서 죄송합니다."

"같이 팥죽 한 그릇 하시겠어요? 가시죠."

그는 아들 어깨에 팔을 두르고는 말했다.

"아닙니다. 저는 지금 막 먹고 나온걸요. 회사에 들어가 봐야 해서요."

부자는 내게 인사하고 팥죽 피는 노점으로 갔다. 나는 멀지 않은 곳에서 그들을 지켜보았다.

"한 그릇 주슈."

"아버지는?"

"아까 먹었찌이. 먹은 지가 얼마 안 돼 속이 더부룩하네. 꺽꺽."

팥죽 파는 할머니가 팥죽 두 그릇을 부자 앞에 놓았다.

"할머니, 한 그릇 시켰는데 왜 이러슈?"

"네가 언제 먹었어. 네 건 공짜로 줄 테니 아들이랑 먹어."

"아이고! 오늘 배 터지겠네. 할머니 혹시 손주 있으면 이 총명환 좀 사다 줘 봐요. 이 녀석이 총명환 먹고 반에서 1등을 해요! 반장도 하고요. 내가 돈 벌자고 파는 거 아닙니다. 하하하."

두 부자가 먹는 팥죽이 어느 산해진미보다 맛있어 보였다.

"학자야, 넌 아무 걱정하지 말고 공부만 해라"

"아버지는 약 팔고, 나는 공부하고 좋네."

"그렇지! 그거야! 하하하!"


학자 아버지에게 인사하고 돌아서는 내 마음은 더 확고해졌다. 나는 회사 건물 앞에서 사직서를 박박 찢어 쓰레기통에 버리고 회사로 들어갔다.

# 무지개 너머 어디선가

썸웨얼 오버 더 레인보우(Somewhere over the rainbow).

어디선가 오즈의 마법사, '무지개 너머' 노래가 들려왔다. 이곳은 무지개 너머의 세상이 아닐까 하는 생각이 들었다. 부드러운 초원에 나는 햇볕을 받고 누워 있다. 초원에 달콤한 바람이 불어왔다. 따뜻한 숨결 같은 바람이 얼굴을 감쌌다.

"기철아, 괜찮아?"

아, 소혜의 목소리였다. 눈을 뜨기 싫은데 누가 두 눈을 손가락으로 기어이 열었다. 소혜의 얼굴이 보였다. 탁구 소녀 소혜가 사슴 같은 눈으로 나를 내려다보고 있었다.

"학생은 비켜 봐."

탁구장 아줌마가 소혜를 밀어내고 내 뺨을 찰싹찰싹 쳤다.

"아줌마, 아파요!"

내가 소리치자 아줌마는 소혜를 보고 말했다.

"괜찮네. 아무 문제 없어. 집에 가, 이제."

나는 일어나 의자에 앉았다. 텅 빈 탁구장에 아줌마랑 소혜, 나만 있었다.

"아줌마, 조금만 추스르고 갈게요."

소혜가 말하자 아줌마는 잠깐 우리를 바라보다 말했다.

"그럼, 내가 정리할 동안만 있다가 가. 나도 놀랐다고. 오늘은 빨리 들어가서 쉴 거야."

나는 아까 그 초원에서 다리를 쭉 뻗고 소혜와 나란히 앉아 있는 느낌이 들었다. 뭉게구름도 둥실둥실 떠다니다 우리 둘을 감싼 듯했다.

"어떻게 된 거야?"

나는 포근함에 취한 채 소혜에게 물었다.

여섯 번째 도전자 아저씨가 담뱃가루를 상처 부위에 바르니 금방 피가 멈추었다고 소혜가 말했다. 그래도 깨어나지 않아 옆 건물 한의원에서 잠시 왔다 갔는데, 맘이 좀 약한 학생인 거 같다며 금방 일어날 테니 기다리라고 했단다.

"나 맘 안 약해. 네가 무사해서 안심해서 그런 거야."

"고마워. 너는 내 은인이야."

"은인은 뭐."

"담뱃가루가 지혈 작용을 한대. 아저씨가 군대에서 배웠다고 했어. 너도 알고 있었어?"

"아니, 몰랐어."

"어쨌든 네 피는 금방 멈췄어. 걱정 마, 기철아."

걱정 마, 기철아? 소혜가 내 이름을 다정히 불러 주었다. 너무 좋아서 이 초원에 영원히 있고 싶었다. 그래, 걱정하지 않을게. 이렇게 달콤한 기분에 젖어 있자니 나는 영원히 시간이 멈추었으면 했다.

'무지개 너머' 노래가 뚝 멈췄다. 아줌마가 실내 불을 하나씩 껐다.

"이젠 가야지."

소혜가 일어서서 손을 내밀었다. 나는 소혜의 손을 잠시 바라보다가 잡고 일어섰다. 약간 어지러운 듯한데 그것이 다친 것 때문인지, 오래 누웠다가 일어나서인지, 아니면 소혜의 손을 잡아서인지 알 수 없었다.

"손이 차네?"

나는 여전히 손을 잡은 채로 물었다.

"응, 엄마가 보약 지어 주셔서 먹는데 안 따뜻해지네."

소혜가 여전히 손을 잡은 채로 말했다.

참 좋다, 그치? 나는 마음속으로 말했다.

"응, 좋아."

소혜는 내 마음을 들을 수 있는 능력이 있나 보다.

"너희들, 제발 가라. 나, 집에 좀 가자."

아줌마가 고함을 질렀다. 우리 둘은 서로를 보고 웃으며 밖으로 나왔다. 손을 잡고 걸었다. 어두워진 하늘에 달이 빛났다. 저벅저벅 걷는 두 사람의 발소리만 들리는 밤이었다.

나는 여덟 번째 도전자가 생각났다.

"여덟 번째 도전자는 어떻게 됐어? 그냥 집에 갔어?"

"아, 삼태 오빠?"

나는 걸음을 멈췄다.

삼태 오빠? 언제 친해져서 오빠래?

그때, 소혜가 손을 놓았다.

어쭈, 삼태 오빠 생각이 나니, 손까지 놓는다 이거야?

"기철아, 네가 보약보다 낫다. 내 손 따뜻해졌어."

소혜가 해맑게 웃으며 손을 자신의 볼에 대더니, 나의 볼에도 댔다.

"진짜지? 완전 따뜻하다."

아니, 얘는 왜 따지지도 못하게 웃고 그래. 맘 약해지게.

웃는 얼굴에 큰 소리를 못 내고, 나는 가만히 서 있었다. 내 볼에 닿았던 소혜 손의 감촉이 아직 남아 있다.

"기철아, 괜찮아? 너 또 쓰러지려는 건 아니지?"

"응, 괜찮아."

"나 이쪽으로 가야 해. 잘 가."

벌써, 헤어져야 한다니. 언젠가 라디오에서 연인과 헤어지기 싫어 결혼했다는 청취자의 사연이 생각났다. 가슴 저리게 공감이 됐다.

"안녕. 토요일에 대한극장 앞에서 보자."

"응, 안녕."

흔들리는 교복 치마 안, 뻘건 체육복 바지를 입고 걸어가는 소혜를 나는 바라보았다. 아까 그렇게 경기를 뛰었는데도 경쾌한 걸음이었다.

쟤는 참 힘이 좋구나.

나는 소혜가 사라질 때까지 바라보고 있었다.

그때 멀리서 아주 작아진 소혜가 갑자기 쭈그리고 앉았다는 것을 알았다. 나는 번개처럼 소혜에게 달려갔다.

소혜는 코피를 닦고 있었다.

"오늘 좀 무리했었나 봐."

"하긴, 엄청난 경기를 치르긴 했어."

나는 소혜의 머리를 뒤로 젖히고 코에 휴지를 끼워 줬다. 소혜가 벌떡 일어서더니 안녕, 하고 달려가 버렸다.

나는 몸을 돌려 집으로 향했다. 한 발 한 발 걷는 걸음에 생각이 많았다. 어느새 저만치 우리 집 대문이 보였다. 소혜의 손이 닿았던 뺨을 어루만져 보는데, 볼 뽀뽀를 운운했던 그 여덟 번째 도전자가 생각이 났다.

그래서 어떻게 되었다는 거지? 왜 삼태 오빠라고 부르는 거지? 전에 알던 사이 같지는 않은데.

심란해졌다. 도대체 무슨 일이 있었던 건지 궁금해 견딜 수 없었다. 가슴속에서부터 무언가 올라오면서 나도 모르게 한숨이 새 나왔다.

걔는 왜 이 남자, 저 남자한테 오빠라고 부르는 거야!

"오빠!"

나는 두리번거렸다. 누가 내 배꼽을 꾹 눌렀다.

"오빠, 왜 안 들어가?"

내 여동생 오덕이었다. 할아버지도 뒤따라 오셨다.

"기철이냐?"

"네. 할아버지 어디 다녀오세요?"

"오덕이가 울어서 같이 동네 한 바퀴 돌고 왔다. 어여 들어가자."

할아버지와 같이 대문을 들어서자 엄마랑 할머니가 따뜻하게 맞아주셨다.

"아들, 오늘은 좀 늦었네?"

"네, 제가 독서도 하고, 탁구 동아리 선배님도 만나느라고요."

"수고 많았네. 가방 놓고 와. 얼른 밥 먹자."

"아버지는요?"

"좀 늦으신대."

나는 방에 들어갔다. 기영이는 방바닥에 배를 깔고 만화책을 보고 있었다.

"넌 형이 왔는데 나와서 인사도 안 하냐?"

"지금 진짜 중요한 장면이란 말이야."

밖에서 엄마가 부르는 소리가 났다.

"기영아, 나와서 숟가락 놔라."

"저 이거 잠깐만 보고요."

"빨리 나와."

"오덕이 시키세요."

나는 기영이가 만화책에서 눈을 떼지 않고 소리를 지르는 것을 보고 엉덩이를 발로 찼다.

"너 빨랑 안 일어나?"

"아야, 왜 차고 그래?"

"넌 왜 안 일어나는 건데?"

내가 몇 번 더 발로 차자, 기영은 마지못해 일어났다.

"아이참."

"진작 그럴 것이지."

"어, 형 이게 뭐야?"

기영은 내 어깨에서 뭘 떼어 내더니 열심히 들여다보았다.

"톱밥인가?"

냄새를 맡아보고 기영은 깜짝 놀라 곧장 엄마를 부르며 방을 나갔다.

"엄마, 형 담배 피워요. 할아버지. 이거 담배 맞지요?"

나는 펄쩍 뛰며 달려 나갔다. 모두가 기영 주위에 모여 있다가 내가 튀어나오자 일제히 나를 바라보았다.

"기, 기철아."

엄마는 충격을 받은 얼굴이었다. 말없이 나를 볼 뿐이었다.

"어, 엄마, 절대 아니에요. 절대!"

"그럼 이건 뭔데?" 엄마가 기영이 손가락 끝에 있는 담뱃가루를 들어 보였다. 기영은 잘 보이지도 않건만 큰일을 해냈다는 듯 하늘 높이 손가락을 쳐들고 있었다.

"오빠, 담배 피워? 담배는 어른들이 피우는 것 아니야?"

"어른도 안 피워. 할아버지도 끊으셨잖아. 이제 몸에 잘 안 받으신다고."

기영이 얄밉게 덧붙였다.

"에헴, 나다. 미안하다. 내가 오랜만에 담배 한 대 피우려 했거든. 기철이 만나서 어깨 두드리다가 기철이 어깨에 묻혔나 보다."

할아버지가 나서서 말씀하시더니 밥 먹자고 재촉하셨다.

"할아버지 담배 없었는데?"

오덕은 이상하다는 듯 고개를 갸우뚱했다.

"아니야, 내가 한 개비 아껴 놓고 있었어. 몰래 한 대 피우려다 손주 오는 거 보고 반가워서 안 피운 거다."

"그럼, 안 피운 그 담배는 어디 있는데요?"

기영은 탐정처럼 짚어 내는 기술이 대단했다. 얘는 천재든지, 하늘이 내린 얄미운 애든지 둘 중 하나다.

"버렸지. 뭘 꼬치꼬치 물어? 여기에 대해서는 모두 암말도 마라. 기영이는 얼른 수저 놔. 어미야, 밥 차려라."

할아버지는 내 옷깃을 잡아당겨 내 방으로 들어오셨다.

"편한 옷으로 갈아입고 와. 밥 먹자."

"할아버지, 저 정말 아니에요."

"괜찮다. 뭐 그럴 수도 있지. 빨리 밥 먹으러 와라. 할애비 배고프다."

할아버지가 방에서 나가시며 말씀하셨다.

나는 옷을 갈아입으며 생각에 잠겼다.

머리 다쳐서 지혈하느라 담뱃가루가 나온 것을 말하면 누명을 벗겠지만 머리 다친 걸 아시면 더 난리가 날 거다.

아, 효자의 길은 멀고도 험하구나.

나는 밥 먹으러 안방으로 갔다.

밥 먹는 내내 모두가 별로 말이 없었다. 밥그릇을 깨끗이 비운 나는 벌떡 일어났다.

"어머니, 오늘은 저랑 기영이가 설거지할게요. 기영아, 일어나."

"아이, 형. 나 만화 봐야 해."

"얼른 안 일어나?"

"됐어. 너희들은 가서 공부나 해."

엄마가 말렸다.

"아녜요. 어머니. 기영아, 같이 상 들어 옮기자."

"형, 나 만화책 봐야 한다니까."

"그래, 기영이는 들어가. 기철이는 이 상만 옮겨 줘."

"아싸, 난 간다."

기영이 메롱 하고 자기 방으로 뛰어갔다, 나는 주먹을 들어 보였지만 이미 늦었다. 나는 엄마랑 같이 상을 들고 부엌으로 갔다. 엄마는 말씀이 없으셨고 나는 선뜻 무슨 말을 꺼내기도 뭐했다. 나는 그릇을 설거지통에 넣다가 조심스레 말을 꺼냈다.

"엄마."

엄마가 내 말을 가로막았다.

"기철아, 엄마는 널 믿어. 그러니까 오늘 일은 아버지께는 말씀드리지 않을 거야. 아버지께서 요새 회사에서 아주 힘드시나 보더라. 신경 쓰시지 않게 해 드리자."

"네."

"많이 피곤하겠다. 들어가서 숙제해."

그래도 내가 설거지를 하려 하자, 엄마는 나를 부엌에서 내보냈다.

나는 터덜터덜 방으로 가며 마음이 무거웠다.

킥킥대며 만화를 보던 기영은 내가 들어서자 벌떡 일어서서 도망칠 태세였다.

"형, 때리지 마. 때리면 엄마한테 이른다."

나는 기영을 힐끗 보고 책상에 가서 앉았다. 가방에서 책을 꺼내고 숙제를 시작했다. 내가 침묵하자 불안해졌는지 기영은 내 근처로 몇 걸음 다가와 물었다.

"형, 진짜 안 때릴 거지?"

나는 몇 분간 대꾸도 하지 않다가 계속 물어 대는 기영에게 꾸짖듯 말했다.

"너도 숙제해."

기영은 엎드려 숙제하다가 그대로 잠들었다. 동생을 반듯이 눕히고 이불을 펴 덮어 주었다. 나는 기영이 옆에 베개를 가슴에 깔고 엎드려 노트를 폈다. 잉크병 뚜껑을 열고 펜에 잉크를 찍었다.

서걱서걱, 펜이 종이에 닿는 소리가 방 안에 흐르고 밤은 깊어갔다. 무언가를 쓰긴 하는데 두서가 없고 그저 군데군데 소혜 이름뿐이었다. 펜을 놓고 노트를 덮고 일어났다. 마루에 엄마가 앉아 계셨다.

"변소 가려고?"

엄마가 대문을 바라본 채 말했다.

"네, 엄마, 왜 나와 계세요?"

"아버지가 아직 안 오셨어. 집으로 출발하신다고 전화 주신 지 꽤 되었는데 아직 안 오시네. 야근도 늦게 끝나셨는데."

"곧 통금시간이잖아요."

"그래서 엄마가 나가 보려고."

"어머니는 집에 계세요. 제가 휙 돌아볼게요."

나는 소변을 꾹 참고 빠르게 대문을 나섰다. 아버지가 직장에서 오는 길과 들를 만한 곳을 찾아보았다.

아버지가 요새 많이 힘드신가 보다. 매일 야근이시고. 아버지가 가끔 가시는 포장마차가 멀찍이 보였다. 아버지는 이렇게 늦게까지는 계시지 않으신다. 그래도 혹시나 하고 포장마차로 뛰어갔다. 포장마차에서 불빛이 새어 나왔다.

"아주머니, 이 펜 좀 보십시오. 이게 아무것도 아닌 거 같은데, 모든 것을 바꿀 수 있어요."

"에요, 손님. 이제 집에 가셔야죠. 많이 취하셨어요."

"아주머니, 아주머니가 안 들어주시면 제가 누구한테 이야기합니까."

아버지 목소리를 듣고 반가운 마음에 안으로 들어가려다가 나는 멈춰 섰다. 틈새로 보니 아버지는 술에 취해 펜을 하나 들고 주인아줌마한테 말하고 있었다.

"그럼 손님, 제가 정리할 때까지만 말씀하세요. 이제 곧 통금시간이에요. 집에 가셔야죠. 저도 집에 가고요."

"네, 네. 제가 말은 잘 듣거든요. 사장님 말씀도 잘 듣고요. 걱정하지 마세요. 아주머니 말씀도 잘 들을게요."

"그러시면 고맙지요."

아주머니는 집기를 정리하시며 인심 좋게 대답하셨다.

아버지는 펜을 높이 들고 계속 말씀하셨다.

"제가 이 펜으로 뭘 한지 아세요? 사장님이 숫자를 싹 다 바꾸라는 거예요. 이름도 바꾸고, 다, 다요."

아버지는 펜을 든 손을 내리더니, 고개까지 떨구셨다.

"젊은 청년 하나가 공사 현장에서 떨어져 죽었는데, 다 바꾸어서 써 넣은 거예요. 그 앞길 창창했던 청년은 시체가 돼서 나갔는데, 나는 먹고살겠다고 바꿔서 써 넣었어요."

아주머니가 하던 일을 멈추더니 아버지를 안쓰럽게 보았다.

"우리 같은 사람이 무슨 힘이 있나요. 사장이 하라면 하는 거고, 대통령이 하라면 하는 거고. 목구멍이 포도청이지요."

"그 청년이 우리 아들보다 네 살 많아요. 딱 네 살. 내 아들 새끼 먹여 살리겠다고, 아들 같은 청년이 죽었는데, 그 청년 가족한테는 우리 잘못이 아닌 것처럼 다 조작했어요. 더는 회사에 다니기가 힘들어 사직서를 써서 넣고 다니다가 오늘 박박 찢어 버렸죠."

잠시 흐느끼시던 아버지가 조용해지셨다.

"아이고, 손님, 잠드셨네. 어떡하지?"

나는 포장마차 안으로 들어가서 아버지를 깨웠다.

"아버지, 아버지."

아버지가 일어날 기미가 없었다.

"아주머니, 제 아버지세요. 여기 얼마예요? 제가 돈이 없는데, 아버지 지갑 한번 볼게요."

아주머니가 기철과 아버지를 안타까운 듯 바라보더니 손을 내젓는다.

"아니야. 단골이신데 뭘. 오늘은 그냥 가라."

"감사합니다. 아버지께 말씀드릴게요."

나는 다시 아버지를 깨웠다.

"아버지, 집에 가요."

아버지가 고개를 들더니 나를 보고 게슴츠레한 눈으로 함박웃음을 지으셨다.

"우리 아들이네."

"아버지, 곧 통금시간이에요. 집에 가요."

"그럼 그럼. 우리 아들이 하자는 대로 해야지."

아버지는 일어나시다가 다리에 힘이 없는지 다시 주저앉으셨다.

"아버지, 저한테 기대세요."

"우리 든든한 아들. 아주머니, 우리 아들이 진짜 효자예요. 속을 썩인 일이 없어요. 태어날 때도 얼마나 울음소리가 컸는지. 고추도 이따만 해서 장군감이라고 얼마나 부모님이 좋아하셨는지 몰라요."

"제가 봐도 든든한 아드님이네요. 손님, 이제 그 아드님하고 집에 가셔야죠. 아버지 잘 모시고 가거라."

아주머니가 나를 보며 말했다.

나는 비틀거리는 아버지를 부축해서 골목을 걸었다. 달이 숨고 깜깜한 밤, 아주 작은 별 하나가 아버지와 나를 희미하게 비췄다.

"어머, 이게 어떻게 된 일이야."

예비 통금 사이렌 소리가 들리니 걱정이 되어 대문 밖을 서성이던 엄마가 나와 아버지를 보고 뛰어오셨다. 나는 안방으로 아버지를 데리고 가서 이부자리에 눕혔다.

"기철아, 수고했다."

엄마는 아버지의 옷가지를 벗기며 내게 웃어 주셨다.

"어머니, 뭐 더 도와드릴 거 없어요?"

"아냐, 빨리 가서 자. 내일 학교 가야지."

나는 그제야 화장실에 갈 생각이 들었다. 나는 화장실에서 일을 보고 자리에 누웠지만, 쉽게 눈이 감기지 않았다. 천장을 보고 있으려니 밖에서는 통금 사이렌이 울려 댔다. 사이렌 소리가 그칠 때까지 천장을 보고 있었다. 소혜의 얼굴이 떠오르고, 이어서 포장마차에서 우시던 아버지 모습이 떠오르고, 대문 앞에서 서성이시던 엄마의 모습이 떠올랐다. 다시 소혜의 얼굴이 떠올랐다. 내 볼을 타고 눈물이 흘렀다.

"형, 때리지 마."

기영이 갑자기 벌떡 일어나 외치더니 다시 누워 잤다. 천진하게 자는 녀석을 보니 후 웃음이 났다. 아직 아무것도 모르는 녀석이 귀엽기도 하고 안쓰럽기도 했다.

그래, 아버지는 아버지의 짐을 지신 거고, 나는 나의 몫, 기영은 기영의 몫이 있는 거야. 아버지가 내게 지우지 않은 짐을 내가 자진해서 짊어지는 건, 아버지를 슬프게 하는 거야.

나는 이렇게 결론을 내고 눈을 감았다. 좋은 결론은 아니지만, 삶이 낼 수 있는 최선의 결론이라고 생각하며 잠이 들었다.

# 내 남자의 어깨

    어젯밤 기철이를 보내 놓고 마냥 기다릴 수가 없어 나도 아이들 아버지를 찾으러 다녔다. 이곳저곳 기웃거리다가 포장마차에 갔을 때 애들 아버지의 넋두리를 들었다. 기철이가 취해 잠든 제 아버지를 업는 것까지 보고 얼른 집으로 돌아와 대문 앞에서 기다렸다.

    나는 기철이가 제 아버지를 업고 오는 아들이 대견했다. 이젠 아버지를 거뜬히 업을 만큼 큰 것이다. 그만큼 남편은 가장이라는 어깨의 짐이 버거워질 만큼 나이를 먹어 버린 것일까. 회사 사장의 불의에 맞서 아무것도 할 수 없는 무기력함과 자괴감으로 얼마나 힘들었을지 짐작이 갔다. 나는 차오르는 눈물을 참았다.

    나는 새벽에 깬 남편에게 꿀물을 먹이고, 팔과 다리를 주물러 주며 다시 잠을 재웠다. 남편이 깊이 잠든 얼굴을 보고 밖으로 나와 아버님, 어머님 방의 아궁이 연탄을 갈고, 아이들 방 연탄도 간 다음 방으로 들어왔다. 오덕이 손을 꼭 쥐고 자는 남편을 한참 보며 서 있다가 아침을 지으러 밖으로 나왔다.

겨울이 성큼 다가온 새벽이다.

동이 터 오는 하늘을 망연히 보다가 얼른 부엌으로 들어가 독에서 바가지에 쌀을 퍼 담았다. 어제보다는 보리의 양을 더 많이 했다. 밥을 안치고 시래깃국을 끓일까 하다가 정육점으로 뛰어가 소고기 반 근을 떠와 소고기를 넣어 미역국을 끓였다. 남편을 든든히 먹여야겠다고 생각했기 때문이다. 남편이 좋아하는 계란찜도 중탕으로 만들고 시금치나물도 무쳤다. 생김에 참기름을 바르고 소금을 뿌려 연탄불에 구워 냈다. 갈치도 토막 내 연탄불에 구웠다.

반찬을 평소보다 더하다 보니 이마에 땀이 맺혔다. 연탄 화덕 위의 양은 솥에 든 뜨거운 불로 아버님과 어머님의 세숫물을 떠다 드리고, 아이들이 세숫대야에도 한 바가지씩 부어 주었다. 남편이 푸석한 얼굴로 세숫대야를 들고 부엌으로 왔다. 나는 입을 꼭 다물고 세숫물을 채워 주었다. 밥상을 차리며 남편이 수돗가에서 세수하는 걸 곁눈으로 보았다.

"애미야, 누구 생일이냐?"

"아녜요, 어머님. 식구들 고기 먹은 지가 오래된 것 같아 미역국 하나 더 끓인걸요 뭘."

"갈치구이까지 으아아아 놀랠 노자다!"

"기영아, 형님은 나라의 미래를 책임질 청소년이니 네 몫도 형에게 양보하렴."

"형만 나라의 미래야? 나도 미래야."

"싸우지 말어. 다 나눠 먹는 거지."

"어? 아빠 국에 고기가 엄청 많네?"

나는 오덕이가 뜬 밥 위에 갈치 한 점을 올려놓다가 뜨끔했다.

"인석들아, 너희들 아버지는 밖에 나가 돈 버는데 많이 먹어야 하는 법이야."

"옹야, 옹야, 암 그래야지. 아범, 어서 많이 먹게."

"네, 아버님. 잘 먹겠습니다. 어머님도 많이 드세요."

남편은 미역국에 밥을 말아 허겁지겁 먹더니 대접째 국물 한 방울 남기지 않고 마셨다. 그리고, 아버님, 어머님께서 다 드실 때까지 기다렸다가 일어났다.

아이들은 학교 갈 준비를 하고 있고, 안방에서 남편이 출근 채비를 한다. 나는 양말을 꺼내 남편에게 주었다. 남편은 바닥에 앉아 양말을 신는다. 전 같지가 않았다. 학교에 가기 싫어하는 아이처럼 양말을 신는다. 내가 얼른 나머지 한쪽을 신겨 주었다.

"어제 술이 과했어……."

남편은 일어서서 바지를 입고 잠바를 걸쳤다. 나는 괜스레 어깨의 먼지를 털어 주었다. 남편이 방을 나서자 나도 따라 나갔다. 남편은 대문 앞에서 고개를 살짝 돌려 나를 보고 미소를 지었다.

"다녀올게요."

"네."

남편이 뚜벅뚜벅 걸어갔다. 저만치 갔을 때, 나는 남편을 불렀다.

"기철이 아버지."

남편은 걸음을 멈추고 돌아보았다. 내가 말없이 서 있자 남편은 몸을 돌려 내게로 걸어왔다. 그리고 나를 안았다.

"난 괜찮아요."

남편이 나지막하게 말했다. 남편은 내가 다 알고 있다고 느꼈나 보다. 나를 포근히 감싸 안은 남편의 손이 따뜻했다. 잠시 안고서 팔을 풀고 다시 간다. 나는 남편 뒤에 대고 다소 크게 말했다.

"당신 하고 싶은 대로 하세요."

돌아서 있는 남편의 어깨가 떨리는 듯했다. 잠시 그러더니 뚜벅뚜벅 걸어갔다.

# 내 아버지의 어깨

나는 출근하자마자 사직서를 썼다. 사직서를 천천히 접어서 하얀 봉투에 넣었다. 하얀 봉투를 손에 들고 책상 의자에 앉아 잠시 바라보았다. 길게 숨을 내쉬고 일어나서 내 바로 위 상사에게로 갔다. 상사 책상 위에 사직서를 올려놓았다. 상사인 김 과장이 사직서를 힐끗 보더니 나를 빤히 보았다.

"업계 관행인 거 몰라서 자네 혼자 성인군자 행세하는 거야?"

나는 묵묵히 고개를 숙여 인사하고 얼른 돌아서 내 자리로 와 짐을 싸기 시작했다. 김 과장은 내 책상까지 사직서를 들고 따라왔다.

"청에서도 서류상 문제가 없으면 묵인한단 말이야. 그 녀석이 주의가 산만해서 사고를 친 것 아냐. 우리 모두 목구멍이 포도청인 사람들인데, 그냥 없던 일로 하자, 응?"

"죄송합니다. 여러분 모두에게 죄송해요."

내 뒤 캐비닛을 열어 멜빵가방을 꺼내 내 물건들을 담았다. 직원들이 업무에 열중하는 척 숨을 죽이고 있었다. 나는 불룩해진 가방을 메고 사무실을 나왔다. 미스 황이 복도까지 따라오며 나를 불렀다. 나는 돌아보았다. 미스 황이 촉촉해진 눈으로 나를 보고 말했다.

"계장님, 행복하셔야 해요."

나는 괜스레 센티해졌다.

"미스 황도."


널찍한 다방 안은 북적댔다. 관공서에 접해 있어서 샐러리맨들이 점심을 막 먹고 들어와 담배를 피우기도 하고 커피를 마시면서 담소를 나누고 있었다. 나는 기다란 어항이 있는 옆자리에 앉았다. 탁자 위에는 두꺼운 유리로 된 재떨이와 팔각 성냥갑이 놓여 있다. 투명한 유리 재떨이에는 수정 다방이 인쇄되어 있었다.

"여기야."

현갑이가 다방으로 들어와 두리번거리는 것을 보고 나는 손을 번쩍 펴들고 자리에서 일어났다.

"지석아, 오랜만이다."

"그렇지, 현갑아."

우리는 악수를 한 다음 마주 앉았다. 현갑이는 사무직 샐러리맨답게 말쑥한 양복 차림이었다. 현갑이와 난 해방을 몇 해 앞두고 같은 공업학교에 다녔다. 나는 한국전력에 떨어져 일반 전기회사에 들어갔다. 현갑이는 그해에 한국전력에 합격하여 지금까지 다니고 있다. 현갑이는 한결같은 친구다. 우리는 10년 만에 보든, 5년 만에 보든 서로를 이해하고 살피는 정은 변함이 없다. 나는 회사에서의 사고와 오늘 사표를 낸 것까지 전부 현갑에게 말했다. 우리가 시킨 커피가 먹기 알맞게 식어 있었다. 내가 커피를 한 모금 마시고 내려놓자 현갑이 불쑥 말했다.

"지석아, 전공이라도 괜찮겠어?"

"전공이면 어떻냐. 나 전공부터 시작했어."

"그렇지만 나이가 있잖아. 전봇대 타고 해야 하는데."

"처음부터 시작할 거다."

전공은 기능직이다. 몸을 움직여서 하는 일이라 사무직보다 몸은 고되지만, 마음은 편하다.

"자리 만들어 놓고 연락할게. 얼마 걸리지 않을 거야."

"고맙다, 현갑아."

"일어나자. 들어가 봐야 해."

내가 커피값을 내려 하자, 현갑은 한사코 나를 말렸다. 우리는 다방을 나와 헤어졌다. 회사 쪽으로 가는 현갑의 뒷모습을 바라보고 있는데, 자꾸 기철이 친구 약장수 아버지가 떠올랐다. 땅바닥에 널브러진 약상자를 무릎으로 기어 다니며 주워 담던 모습이 떠나질 않았다. 그도 아버지였다.

나는 아내가 '기영이 아버지', '기철이 아버지'라고 부를 때 기분이 아주 좋다. 나는 기철이, 기영이, 오덕이 아버지이다. 나는 멜빵가방을 어깨에 메고 집으로 뚜벅뚜벅 걸어갔다.

# 오! 나의 스잔나

다음날 무거운 마음으로 학교에 갔다. 4교시가 끝나고 점심시간이 되었다. 나는 변함없이 진작에 도시락을 끝냈다. 나는 축구 하자는 영일을 뿌리치고 홀로 산책이나 하려고 교실 문을 나서는데, 누가 나를 불렀다.

"야, 이기철."

찬이 웃으며 다가와 나의 어깨에 팔을 둘렀다.

"잘돼 가나?"

"뭐가?"

나는 무심한 듯 되물었다.

싱글싱글 웃으며 찬은 내 어깨를 툭툭 쳤다.

"뭐긴 뭐야. 나의 사랑의 메시지지."

나는 분노가 욱 올라왔다.

"사랑? 사랑이 뭔지는 알아?"

"그거야 내가 소혜를 좋아하는 마음이지."

찬은 여유롭게 웃으며 코를 팠다.

"사랑은 희생이야."

나는 두 손을 불끈 쥐며 말했다.

"뭐?"

"그래, 희생."

찬은 코딱지를 튕기는데 잘 안 퉁겨지자 다른 손으로 털어 냈다.

"그건 엄마가 맨날 나한테 하는 얘기인데."

"그래, 엄마가 너를 위해 희생하는 거, 그것도 사랑이지."

찬은 사과가 떨어진 것을 보고 만유인력을 발견하던 순간의 뉴턴처럼 무릎을 치며 말했다.

"나도 소혜를 위해서 희생할 거야."

"네가 뭘 희생하는데?"

양팔을 하늘로 번쩍 들고 찬은 행복하게 미소 지었다.

"난 소혜한테 다 사 줄 거야. 먹고 싶은 거, 입고 싶은 거."

"그게 무슨 희생이냐. 네 아버지가 준 돈으로 다 하는 건데."

팔을 내리며 찬이 고개를 갸우뚱했다.

"울 아빠가 나 쓰라고 준 돈을 안 쓰고 소혜한테 쓰는데 왜 희생이 아니야?"

나는 교실 나무 바닥을 내려다보면서 물었다.

"너 소혜가 다른 남자를 좋아하면? 소혜가 다른 남자랑 행복하면,

소혜의 행복을 빌어 줄 거야? 너 자신을 희생하고?"

찬이 주먹으로 벽을 쳤다.

"너 죽고 싶어? 그게 무슨 소리야?"

나는 찬의 눈을 똑바로 보고 다시 물었다.

"희생할 거냐고?"

"그게 무슨 희생이야, 완전 멍청한 거지."

거칠게 말을 내뱉은 찬은 잠시 생각하더니 표정이 밝아졌다. 희망에 찬 목소리로 말을 이었다.

"만약 소혜가 다른 남자를 좋아한다면, 그건 나라는 좋은 남자를 아직 잘 몰라서 그런 걸 거야. 날 만나 보면 생각이 바뀔 거야. 그러려면 날 만나야 하는데 그 다리 역할을 네가 해주는 거고. 넌 다리, 난 소혜 애인."

나는 찬의 미소 띤 얼굴을 보며 생각했다.

순진한 저 영혼을 어찌해야 할꼬. 난 이제 다리 역할을 못 하겠다고 말해야 하는데. 그래, 매도 빨리 맞는 게 낫겠지. 찬아, 너의 마음에 매를 대야겠다. 미안해도 진실을 밝혀야지. 그게 진짜 친구인 거지.

"나, 편지 못 써."

"뭐?"

나는 차분히 말했다.

"사정이 생겼어. 이젠 편지 쓸 수 없게 됐어."

찬은 잠깐 눈빛이 흔들렸다가 멈춘다. 표정에는 아무런 변화가 없었다.

애도 열다섯이나 먹었는데, 옛날이면 그 나이에 장가를 가서 아이도 낳았지. 진실을 받아들일 나이가 된 거야. 내가 이렇게 생각하고 있는데, 편안한 표정으로 찬은 나에게 다가와 섰다.

그래. 네가 품은 소혜에 대한 관심은 별을 보고 예쁘다 하는 그런 거겠지. 밤하늘의 별을 보고 아름다움에 한껏 취했다가도 해가 뜨면 다시 땅에서 펼쳐지는 삶에 열중하는 것처럼, 너도 아무 일 없었다는 듯 너의 삶을 살아가면 돼. 그래, 그렇게.

나는 혼자 고개를 끄덕이며 생각했다. 내 앞에 선 찬은 날아오르는 한 마리의 학처럼 비상하더니 나의 얼굴을 돌려찼다.

나의 비명이 교실에 울려 퍼지고 놀란 아이들이 일제히 시선을 우리 쪽으로 돌렸다.

"너희들 왜 그래?"

반장이 달려오고 아이들이 우르르 나와 찬을 둘러쌌다. 나는 찬이 비상할 때 살짝 몸을 돌렸다. 그래서 찬이 돌려찬 발은 내 등을 찍었다. 얼굴을 맞지 않아서 다행이었다.

나와 찬은 교무실로 불려 갔다. 나는 선생님 넥타이를 보고 있었다. 찬은 무릎 한쪽을 살짝 굽히고 손톱을 만지작대고 있었다.

"너희 왜 싸우고 그래? 공부하라고 교실이 있는 거지, 쌈질하라고 있는 거냐?"

"싸우지 않았습니다."

나는 맞기만 했기에 사실을 조용히 말했다.

찬은 아무 말도 없었다.

선생님 책상 위, 찬의 아버지가 선물한 중세기사 조각상만 바라보았다. 선생님은 그런 찬을 보고는 한숨을 쉬었다.

"찬은 반으로 돌아가라."

찬은 선생님에게 꾸벅 인사를 하고 교무실을 나갔다. 나는 선생님 앞에 움직임 없이 서 있었다. 시선은 아직 선생님 넥타이에 고정하고 있었다.

"왜 찬이를 건드리고 그래. 싸우려면 다른 애들하고 싸워. 찬이는 건들지 마."

그렇다. 찬의 아버지는 육성회장이다. 귀한 아들을 위해 거액의 기금도 주저 없이 기부했다. 찬은 절대 건드리면 안 되는 거였다.

나는 고개를 꼿꼿이 들고 있었다. 선생님이 인상을 쓰더니 자리에서 일어났다.

"가 봐."

"네."

선생님이 내 어깨에 손을 얹고 멈춰 세웠다.

"기철아, 네 아버지 생각 좀 해라."

나는 눈을 꼭 감았다가 떴다. 잠시 잊고 있었다. 찬이 아버지는 아버지 회사의 사장이다.

"네."

내 대답이 교무실을 빙빙 돌다 흩어졌다.

교실 앞 복도에서 서 있던 찬은 교무실에서 돌아오는 나를 옥상으로 데리고 갔다. 나와 찬 사이에 매서운 바람만 쌩쌩 불어 댔다. 운동장에서부터 올라온 쓰레기 하나가 온 옥상을 휘저으며 날아다니다 나와 찬 사이에 내려앉았다.

"내일 소혜, 몇 시에 보는데?"

나는 선뜻 대답하고 싶지 않았다.

"말해. 나도 나갈 거야."

"4시. 이성당 빵집."

"근처에서 지켜보다가 적당한 때에 끼어들 거야. 그럼 넌 자리를 피해 주면 돼."

"난 내려간다."

내가 옥상에서 내려가려는데 찬은 나를 불러 세웠다.

"이기철."

내가 돌아섰다. 찬은 주머니에서 빵을 꺼냈다. 비닐을 까더니 나에게 내밀었다.

"됐어."

나는 다시 가려는데, 찬은 나를 다시 불렀다.

"이기철."

나는 돌아선 그대로 멈춰 섰다. 찬은 내 앞에 빵을 던졌다. 찬은 걸어와서 바닥에 떨어진 빵을 발로 짓이겼다. 밟혀 배 터진 개구리처럼 초록색 완두 앙금이 터져 나왔다.

"너도 이렇게 될 수 있어. 너희 아빠도."

빵 위에 침을 뱉더니 찬은 옥상을 떠났다.

한참 동안 처참하게 짓이겨진 빵을 바라보며 나는 중얼거렸다.

"소혜는 크림빵을 좋아하는데."

나는 운동장으로 내려가는 계단에 앉아 도서관에서 빌린 시집을 펼쳤다. 학생들은 거의 떠났고 운동장에서 몇몇이 축구를 하고 있었다. 시가 눈에 들어오지 않았다. 펼쳤던 시집을 다시 가방에 넣고, 운동장을 따라 천천히 걸었다. 그러다 걸음을 멈추고 플라타너스 나뭇잎에 손을 뻗었다. 나뭇잎이 꽤 높은 곳에 있어 손이 닿지 않았다. 나는 담장에 기어올라 잎 하나를 떼어 냈다. 나뭇잎이 꽤 컸다. 잎에 손을 대 보고 피식 웃는데 누가 뒤에서 뒤통수를 쳤다.

"담장에는 왜 올라가? 죄 없는 나뭇잎은 왜 잡아 뜯고? 집에나 가."

규율부 선생님이었다.

"네."

나는 뒤통수를 잡고 내답했다. 책가방을 어깨에 둘러메고 학교 밖으로 향했다. 벌써 해가 많이 기울어 있었다.

찬에게 4시에 만난다고 했다. 하지만 나는 소혜를 2시에 만난다. 찬이 오기 전 두 시간 동안 소혜에게 작별을 고해야 한다. 작별을 고한다기보다 이젠 그녀를 대할 때 남자로서 대할 수 없게 되는 거다. 친구로 남을 순 있겠지, 하지만 남녀 사이에 친구가 어디 있는가.

어제 쓴 시는 전달할 수 없다. 찬의 고백편지도 될 수 없는 것이 그녀와 나만 아는 감성이 담겨 있다. 특히 그 손에 대해서, 내 뺨에 닿았던 손에 관해 쓰지 않았던가. 나는 볼에 손을 대보며 소혜의 손이 닿았던 그 순간을 생각했다.

아니다. 소혜만이 풀 수 있는 암호를 보내면 된다. 비록 찬의 이름으로 보내지만, 사실 내가, 사랑의 포로가 된 이기철이, 그녀를 가슴에 품고 있다는 것을 숨겨진 메시지로 알리는 것이다.

그게 말이 되냐고, 이 바보야!

나는 머리를 쥐어뜯으며 눈을 감고 고개를 마구 흔들었다.

"나도 도와줄게."

누군가 달려와서 내 머리털을 잡고 마구 흔들었다. 이 다정한 목소리는, 이 억세고도 차가운 손은……

머리채가 잡힌 채 내가 눈을 뜨자 회색 교복 치마가 눈에 들어왔다. 역시 소혜가 맞았다. 나는 머리 가죽이 벗겨질 것 같은 고통에도 기쁨이 넘쳐 눈물이 나왔다.

소혜가 내 앞에 있었다.

"어머머, 아파? 뭐 울고 그래. 말로 하지."

소혜가 손을 놓더니 내 얼굴을 들여다보았다. 눈물이 뺨을 타고 흘러내렸다. 소혜는 주머니에서 손수건을 꺼내더니 나의 얼굴을 닦아 주었다. 내가 코를 훌쩍이니 소혜는 잠시 망설이다가 손수건을 코에 갖다 댔다.

"흥 해."

내 눈과 소혜의 눈이 마주쳤다. 앞으로 이렇게 아름다운 눈을 다시 보지 못할 것을 생각하니 가슴이 아려왔다.

"이놈들아, 지금 너희들 학교 앞에서 무슨 연애질이야!"

규율부 선생님이 고함쳤다.

"소혜야, 튀자."

소혜가 내 어깨너머로 규율부 선생님을 보더니 내 손을 잡고 달렸다. 소혜가 달렸다. 워낙 빨리 달려 나는 거의 끌려가다시피 했다.

쉴 새 없이 달리다 보니 큰길이 나왔다. 소혜는 멈추지도 않고 죽죽 달려 나가는데 나는 숨이 차서 점점 느려졌다.

"소, 소혜야. 이젠 됐어."

내가 숨이 차서 말해도 소혜는 아랑곳하지 않고 계속 뛰었다. 지나다니는 사람들이 많아졌다. 소혜는 뛰는 걸 멈추고 나를 보고 웃었다. 나는 무릎에 두 손을 얹고 숨을 가쁘게 헐떡였다. 우리가 멈춘 곳은 내일 만나기로 한 대한극장 앞이었다. 소혜가 극장 간판을 쳐다보았다.

"스잔나?"

소혜가 극장 간판을 보고 중얼거렸다. 나는 얼굴에 흐르는 땀을 교복 소매로 닦으며 극장 간판을 보았다. 페인트로 그린 리칭의 얼굴에 '스잔나'란 제목이 쓰인 커다란 간판이었다.

"저거 볼까?"

내가 말했다.

"보자."

소혜가 말했다.

소혜가 매표구로 가서 극장표 2장을 사 왔다.

"나중에 갚을게."

"됐어."

소혜가 내 머리를 헝클어뜨렸다. 나는 감격으로 벅차올랐다. 소혜가 나를 보러 우리 학교까지 왔다. 그러다 보니 영화까지 보게 되었다.

나란히 같이 앉아서 영화를 본다 생각하니 가슴이 떨렸다. 소혜도 나를 좋아한다는 사실에 나는 너무 행복했다.

스잔나는 뇌종양으로 6개월 시한을 남겨 둔 여자였다. 자신의 병을 모두에게 숨기고, 사랑하는 남자가 스스로 떠나가도록 카바레에 출입하는 등 나쁜 여자인 척했다.

몸이 아파서 모든 것을 포기하고 있을 때 성적이 떨어져 선생님이 방문하고 부모님이 꾸중하던 장면에서 관객은 흐느꼈다.

불치병의 스잔나는 10월이 오고 낙엽이 지자 우리 곁을 조용히 떠났다.

나는 영화 보는 내내 울었다. 소혜는 울지 않고 스크린만 뚫어지게 보고 있었다. 아마도, 소혜가 울지 않은 것은 천사이기 때문일 거다. 언제나 미소 짓고 환하게 웃는 천사. 나를 따뜻한 손길로 어루만져 주는 천사.

영화관을 나왔을 때 어느덧 밤이 되었고, 시월의 밤거리는 오가는 사람들로 붐볐다. 삼삼오오 짝을 지어 즐겁게 웃고 떠들며 지나다녔다.

소혜가 극장 앞 구석에 있는 번데기를 파는 수레로 갔다. 번데기 한 봉지를 사 와 내게 주었다.

"나 번데기 엄청 좋아하는데."

내가 번데기의 고소한 냄새를 맡으며 말하자 소혜가 배시시 웃었다.

"넌 안 먹어?"

소혜는 고개를 저었다.

"난 천사가 될 거야. 이제 못 먹어."

"그럼 이거 왜 샀냐?"

"번데기에 대한 예의지. 너 맛있게 먹어."

가끔 얘가 외계어 같은 소리 하는 것은 말릴 수가 없다. 우리는 나란히 걸었다. 우리가 걷는 발 사이로 낙엽이 굴러다녔다. 번데기를 하나하나 먹고 있자니 너무 맛있다. 소혜가 사다 줘서 그런가 보다. 나는 봉투째 입에 털어 넣고 아작아작 씹어서 꿀꺽 삼켰다. 나는 번데기를 다 먹어 치우고 봉지를 구겨서 쓰레기통에 버렸다.

양품점 앞을 지나고 시계방 앞을 지났다. 구수한 풀빵 냄새가 쌀쌀한 바람을 타고 왔다. 소혜가 몸을 틀더니 골목 어귀에 있는 풀빵 장수 수레 앞으로 갔다. 나는 얼른 가서 소혜 옆에 섰다.

"너 이것도 먹어."

소혜가 내게 얼굴을 돌려 '스잔나'의 주인공 '리칭'처럼 귀엽게 말했다. 소혜는 내가 먹는 것만 봐도 배가 부르다고 했다. 그러면서 내가 풀빵을 먹는 것을 애정을 가득 담아서 바라봤다. 눈빛이 먹고 싶어 하는 것 같았다.

"너두 먹어. 진짜 맛있어."

내가 풀빵을 건네도 소혜는 웃으며 안 먹어도 된다고 했다. 자기는 이제 사랑으로만 살아간다나? 소혜는 정말 못 말린다. 우리는 조용히 걸었고 휘황하게 밝은 달이 우리를 따라왔다. 열 정류장쯤 걸어서 우리 동네 버스 정류장에 왔다. 소혜와 난 정류장에서 헤어졌다.

"오늘 영화 봤으니 내일은 학교 끝나자마자 이성당에서 보자."

내 말에 소혜는 풋, 하고 웃었다.

"너 그럼 인터뷰 때문에 대한극장에서 보려는 게 아니라 영화 보려고 했던 거야? 오늘 영화 봤으니까 다른 데서 만나자는 거고?"

역시 예리한 소혜였다.

나는 "응" 대답하다가 깜짝 놀랐다. 소혜가 내 손을 잡은 것이다. 강력한 전류가 온몸을 타고 흐르며 나는 다리가 풀려 벤치에 주저앉았다.

그때 더 놀라운 일이 일어났다. 소혜가 앉아 있는 내 어깨에 두 손을 살며시 올리더니 내 얼굴을 가만히 들여다보았다. 나는 움직일 수도 숨을 쉴 수도 없었다. 그녀 볼의 솜털까지 다 보일 정도로 우리는 가까이서 서로를 보고 있었다.

소혜가 천천히 몸을 숙여 왔다. 그녀의 숨결을 느끼자 나는 더 이상 감당할 수 없어 눈을 감아 버렸다. 내 뺨에 부드러운 무언가가 닿았다. 소혜가 자신의 뺨을 내 뺨에 갖다 댄 것이다.

영원이라는 것을 그때 난 체험했다. 시간과 공간, 모든 것을 넘어서 그녀와 나의 영혼이 만난 것이다. 운명적 만남, 영원한 사랑이 바로 이런 것이었다. 이제 운명은 우리를 확정 지은 것일까?

부드럽고 포근한 바람이 벤치에 나란히 앉아 있는 우리를 안아 주었다. 나는 내 낡은 운동화와 그녀의 구두를 번갈아 바라보다 용기내 말했다.

"우, 우리 결, 결혼하는 거야?"

내가 심하게 더듬대며 묻자, 소혜는 맑은 눈으로 나를 빤히 보았다. 그리고는 깔깔 웃었다. 나도 낄낄 웃었다. 어느새 달이 우리를 따라와 정류장 위에서 환하게 비춰 주며 같이 웃는 것 같았다.


다음 날, 4교시가 끝나고 종례도 끝나자 나는 책가방을 싸고 있는데 어김없이 찬은 내 앞으로 왔다.

"편지 썼겠지? 가자, 이성당으로!"

찬은 내 어깨를 툭툭 치며 싱긋이 웃었다. 록수는 찬이 가방까지 옆구리에 끼고 바지 주머니에 손을 찔러 넣은 채 껌을 씹으며 빙글빙글 웃고 있었다.

"네가 4시라고 했는데 그때까지 못 기다리겠더라고. 지금부터 이성당으로 가서 떨리는 마음을 달래며 기다리지 뭐. 내가 빵 쏜다. 영일이 네 거도 사 줄게. 가자고."

"아, 오늘이 찬이 네가 소혜 만나는 날이구나. 문화인이라면 미리 가서 기다려야지. 우리 청춘들은 빵을 맛있게 먹어 주며 널 응원할게. 그치, 기철아?"

무엇이 즐거운지 영일은 옆에서 변죽을 떨었다. 나는 자리에서 벌떡 일어나서 가방을 들었다.

"나와, 할 말이 있어."

"뭣?"

나는 먼저 나갔다.

"쟤가 미쳤나……."

찬은 으득, 이를 갈며 쫓아 나왔다.

운동장 한 귀퉁이에 찬과 나는 마주 보고 서 있고, 영일과 록수는 그 옆에 서 있었다.

"할 말이 뭐냐?"

찬은 같잖다는 웃음을 흘리며 천천히 물었다.

"나와 소혜는 사귀고 있어."

찬의 주먹은 날아오지 않았다. 내 멱살을 잡지도 않았다. 부들부들 떨지도 않았다. 그냥 망치에 한 방 맞은 표정으로 굳어져 나를 보았다. 운동장 가에 쓸어 놓은 낙엽이 바람에 날리고 있었다. 이때 록수가 나섰다.

"그러니까, 너가 가로채셨다는 거네?"

"록수, 넌 빠져."

찬은 분노를 꿀꺽 삼킨 목소리로 말했다.

"둘이 좋아한다면 내가 빠져 줘야겠지. 남자라면 말이야."

영일은 나를 힐끔 보고 찬을 의아하게 보았다. 나는 찬의 반응이 놀라웠지만 소혜의 사랑을 굳게 믿고 있기에 어떠한 고난이 닥친다 해도 무섭지가 않았다. 찬은 계속 말했다.

"하지만 내 여신님 앞에서 내가 너를 박살 내 버리면 내 여신님이 네 나약하고 비굴한 모습을 보고 네게 진저리를 치게 될 거야. 퀴퀴한 데만 기어 다니는 바퀴벌레처럼. 그리고는 나를 좋아하겠지. 미녀가 영웅을 좋아하는 것은 역사가 증명한 사실!"

"하하하 바로 그거네."

록수가 입을 쩍 벌리고 웃었다.

내 허리가 둥글게 휘었다. 찬의 주먹이 내 복부에 들어왔기 때문이다. 엄청난 통증이 복부에 몰려들었다. 나는 숨을 쉴 수가 없었다. 땅에 무릎이 꿇려지며 배를 움켜잡고 컥컥댔다. 찬이 말하는 소리가 귀에서 윙윙댔다.

"록수야, 저 자식 데리고 이성당으로 와라. 지금부터 온종일 저 자식하고 죽치고 있다 보면 여신님은 나타나시겠지."

찬은 손목시계를 보며 앞서서 갔다.

토요일이어서 이성당은 학생들로 가득 차 있었다. 여학생들이 모여서 수다를 떨며 빵과 우유를 먹고 있고, 남학생들은 여학생들을 힐끔거리다가 자기들끼리 낄낄대고 있었다.

이성당에 작은 변화가 있었는데, 벽 한쪽에 디제이 박스가 만들어져 있었다. 여학생들이 신청곡을 적은 쪽지를 들고 디제이 박스에 쉼없이 들락였다.

우리는 앉을 자리가 없었다. 록수가 한 떼의 남학생이 앉아 있는 자리로 가 탁자 다리를 툭툭 차며 껌을 질겅질겅 씹어 댔다. 남학생들이 겁을 먹고 나갔다. 찬은 그 자리에 가서 앉았다. 찬이 이성당 문 앞에 서 있는 나와 영일을 보고 와서 앉으라는 손짓을 했다. 나는 찬이 앞에 앉았다. 영일은 내 옆에 앉고, 록수는 껌을 씹으며 영일 앞에 앉아 있었다.

"왜 안 오시지, 여신님이?"

찬이 손목시계를 보고 출입문 쪽을 보았다.

나는 소혜가 일이 생겨 못 오기를 바랐다. 하지만 나와 전류가 흘렀던 소혜는 무슨 일이 있어도 올 것이 틀림없다. 나는 그동안 찬이 때리면 맞기만 했었다. 꼭 무저항 비폭력주의자라고까지는 할 수는 없지만, 그래도 폭력은 좋아하지 않았다. 그렇지만 소혜 앞에서 주먹 한 번 날리지 못하고 맞기만 한다면 소혜가 나를 어떻게 생각할까. 지지리도 못나고 나약한 자의 모습이 아닌가. 나는 탁자 밑에서 주먹을 꽉 쥐며 질 때 지더래도 맞서 싸우는 남자다운 모습을 보여주어야 한다고 마음 다졌다.

하지만, 주먹을 휘두르기만 하고 한 번도 맞히지 못하면 어떡하지? 찬은 싸움에서는 우리 학교에서 최고이며 이 지역에서 짱 먹는 애인데 내가 휘두른 주먹을 모두 피해 버리고 나만 혼자서 허공에 대고 팔만 마구 휘두르다 찬의 주먹 한 방에 털썩 쓰러지면? 아, 상상하기도 싫다. 그건 진짜 머저리가 꼴값 떠는 꼴이 되는 것이다.

영일이가 여기 오는 도중에 내게 말했다. 내 머리가 아주 단단한 머리라는 걸 자기는 느끼고 있다고 했다. 내 머리는 '박치기왕 김일' 선수보다도 더 단단할 것이라고 했다. 찬도 록수도 내 머리를 은근히 두려워하고 있다고 했다. 정말 그럴까?

"기철아, 네 머리는 정말 단단해. 네가 머리를 절레절레 흔들 때 보면 마치 쇠뭉치가 흔들리는 듯한 무게감이 장난이 아니야. 여차하면 맞지만 말고 머리로 받아 버려. 혹시 아냐? 찬이 뻗어 버릴지."

기다리는 동안 접시가 빌 때마다 찬은 호기롭게 몇 번이고 빵을 시켰다. 어느덧 4시 반이 지났다. 아이들도 빵에 질렸는지 더는 빵에 손을 대지 않아, 접시에 빵이 쌓여 있었다. 찬이 손목시계를 보는 간격이 아주 빨라졌다. 나는 소혜가 안 나타나니 안심이 되면서도 은근히 걱정되었다.

소혜에게 무슨 일이 생겼나? 안 올 리가 없는데.

"어이, 기철이, 소혜 여기서 만나기로 했다는 거 공갈이지?"

"내가 왜 거짓말을 하겠냐."

찬은 슬슬 달아오르며 볼이 빨갛게 부풀고, 시간이 더 흐르자 코에서는 뜨거운 김이 기차 화통에서 칙칙 뿜어져 나오듯이 씩씩대기 시작했다.

나도 나름대로 걱정이 커졌다. 오지 못하는 사정이 뭘까? 지금이라도 소혜가 허겁지겁 달려와 늦어서 미안해, 하고 나타날 것만 같았다. 하지만 그런 일은 일어나지 않았다.

"이 새끼가 공갈친 거야, 찬이야."

록수가 눈을 부라리며 밀했다.

"죽여버리겠어."

찬이가 우유를 벌컥벌컥 들이켜고 컵을 탁자에 내리쳤다. 옆자리에 있던 여학생들이 놀라서 비명을 질렀다.

"찬이야, 진정해. 무슨 사정이 있겠지."

영일이가 어떡하든 찬을 진정시키려 말했지만, 영일의 말에 찬은 더 흥분해서 빈 컵을 꽉 쥐고 탁자를 마구 내리쳤다. 쾅쾅쾅쾅쾅.

"사정은 무슨 사정!"

찬의 고함에 놀란 주변 탁자의 학생들이 겁에 질려 우르르 나갔다. 그때 주인아주머니가 달려왔다.

"너희들 깡패야? 나가, 당장 나가!"

주인아주머니가 호통을 치다가 나를 보았다.

"너 소혜랑 맨날 여기 와서 빵 먹은 애 아니냐? 왜 이런 애들하고 어울려 다니는 거니?"

"아, 아줌마, 제가 맨날 온 건 아니었는데요."

내가 말을 다 마치기도 전에 기괴한 울부짖음이 제과점에 크게 울렸다.

"으아아아."

인간의 소리라고 할 수 없는 괴성을 지르며 찬은 뒤통수를 감싸 쥐고 탁자와 의자를 마구 차며 밖으로 뛰쳐나갔다.

록수도 자리를 박차고 찬을 쫓아나갔다. 주인아주머니는 나를 한심하게 노려보며 혀를 찼다.

"소혜가 친동생처럼 챙기길래 예쁘게 봤는데 저런 놈들이랑, 쯧쯧."

영일과 나는 밖으로 나왔다. 바람에 낙엽이 굴러다녔다. 갑자기 뭐라 할 수 없는 슬픔이 밀려왔다. 소혜가 너무도 보고 싶어졌다.

찬이는 골목길 가운데서 머리 뒤를 잡고 위를 올려다보고 몸뚱이를 마구 흔들고 있었다. 어이없고 미치고 환장할 노릇인가 보다. 록수는 바지에 두 손을 찌르고 영일과 나를 노려보더니 바닥에 침을 뱉었다. 그런 찬이와 록수를 무시하고 영일과 나는 그들 앞을 지나쳐 갔다.

"기철아, 내가 그래도 네 절친 아니냐. 나한테는 얘기해 봐라. 진짜 소혜랑 뭐냐? 맨날 만난 거냐? 언제부터 만난 거냐?"

"어릴 때부터 소혜가 나를 챙겨 주긴 했지. 마치 누나처럼."

"으아아아아."

찬이는 영일과 내가 나누는 대화를 들었는지 또다시 괴성을 지르며 몸부림을 쳤다.

"그럼, 너랑 소혜 사이엔 뭔가 찐하게 흐르긴 하네."

영일은 찬을 슬쩍 보더니 말했다. 찬은 영일의 말을 듣고 몸을 부르르 떨며 영일을 내려다보았다.

"사귄다면서 오늘은 왜 안 나온 거냐?"

영일이 찬이를 슬쩍슬쩍 보며 내게 물었다.

"어제 나랑 영화 보고 늦게까지 걸어 다녔거든. 집에서 꾸중을 들었는지 어쩐지 모르겠어."

"같이 영화도 봤어? 진짜? 와!"

영일은 감탄하며 큰 소리로 말했다.

찬의 입에서 늑대인지 괴수 용가리 울부짖음인지 모를 괴상한 소리가 흘러나왔다.

"우우우우우."

찬은 내가 소혜와 영화를 봤다는 것에 어마어마한 충격을 받아 정신착란 증세를 보이기 시작했다. 이리저리 비틀비틀 왔다 갔다 하다가 골목 벽에 부딪히고 뒤로 나자빠졌다. 입에서는 게거품 같은 것이 뽀글, 올라왔다. 록수가 찬을 흔들어도 소용없자 약국에 가는지 골목 밖으로 뛰어갔다. 나와 영일은 찬의 곁에 쭈그리고 앉아 찬을 흔들며 소리쳤다.

"야, 찬! 정신 차려!"

찬은 눈알이 뒤집혀 흰자위가 희번덕거렸다.

"청심환이야! 비켜!"

어느새 돌아온 록수가 영일과 나를 밀치고 찬 옆에 쭈그리고 청심환을 먹이려 할 때 찬이 눈을 번쩍 떴다.

"저리 가!"

찬은 록수를 밀치고 벌떡 일어섰다.

"이기철, 가만두지 않겠다!"

찬이 나를 포악스럽게 덮쳐 왔다.

"기철아! 도망쳐!"

영일이 외치며 나를 잡아끌었다. 간발의 차이로 찬을 벗어난 나와 영일은 계속 뛰었다. 발에 날개가 달린 것 같았다. 슬쩍 뒤를 보니 찬과 록수가 점점 멀어지고 있었다. 하늘은 역시 사랑에 정직했던 나를 돕는 게 틀림없었다. 얼굴에 번지는 미소를 참지 못하고 달리는데 앗, 낭패다. 앞이 블록담으로 막혀 있다. 막다른 골목길이었다. 나는 어쩔 수 없이 블록담을 등지고 섰다. 영일은 블록담을 넘으려고 팔짝팔짝 뛰었다. 찬이 맹수처럼 달려왔다. 눈에서 불이 번쩍번쩍 쏟아져 나왔다. 이제 찬에게 꼼짝없이 두들겨 맞고 어디 하나쯤 부러질 것이다. 그때 내 머릿속에서 소혜가 나를 불렀다.

"기철아."

세상에! 머릿속에서 나를 부르는 소혜의 목소리가 또렷이 들렸다.

소혜는 위엄에 찬 목소리로 외쳤다.

"이기철, 장풍 발사!"

왜 이런 소리가 들리는 걸까? 소혜의 영혼이 내 주변에 있는 것인

가. 장풍? 소혜가 만화방에서 장풍에 관해 이야기한 적이 있긴 하다. 소혜가 무협지를 보면서 만화방에서 그랬다. 무기가 없을 때는 장풍이라도 날리라고 했다.

"혹시 알아, 하느님이 보우하사 장풍이 손바닥에서 나올지."

"기철아, 제발 장풍!"

이번에는 소혜가 간곡히 애원하듯 말했다. 나는 소혜 말을 믿고 팔을 죽 뻗었다. 그리고 세상을 향해 당당히 자신을 깃을 펼치는 공작처럼 내 손가락을 활짝 펼쳤다.

"받아라. 소혜풍이다!"

나는 배에 힘을 꽉 주고 외쳤다. 그때 달려오던 찬이 우뚝 멈춰 섰다. 무슨 일이 일어난 걸까? 손에서 진짜 뭔가 나간 건가?

찬이 피식 웃었다.

"오, 오지 마! 소혜풍 맞고 넌 죽게 되니까!"

"푸하하하! 소혜풍 좋아하시네."

찬은 가소롭다는 듯 비웃음을 흘리며 점점 내게로 왔다. 한 걸음, 두 걸음, 세 걸음, 이제 내 발 앞까지 왔다. 나는 장풍이 발사되기를 간절히 바라며 손바닥에 모든 힘을 끌어모았다.

"소혜풍!"

혹시나 했는데 역시였다. 장풍은커녕 미세한 바람 한 톨 일지 않았다. 찬은 내 팔을 가볍게 쳐 젖혔다. 나는 내가 구봉서나 서영춘 아저씨 같은 코미디를 했다는 걸 느꼈다. 찬은 나를 장난감 다루듯 내 어깨를 잡고 흔들었다.

"아무리 그래도 그렇지, 이런 코미디는 아니다. 응, 응."

그때 또 소혜가 말했다.

"왼손 장풍을 날려!"

난 끝까지 소혜의 말을 따르기로 했다. 왼손을 세워 팔을 죽 뻗자 내 손바닥이 찬의 가슴을 쳤다. 찬은 휘청했다. 방심하다가 장풍이 아닌 내 손바닥을 제대로 맞고 휘청댄 것이다. 찬은 다시 중심을 잡고 나를 향해 달려들었다. 어디서 그런 힘이 나왔는지 모르겠다. 나는 찬의 어깨를 두 팔로 움켜쥐고 버텼다. 그때 영일이 외쳤다.

"기철아! 박치기!"

나는 찬의 어깨를 움켜쥐고 머리로 찬의 머리를 박았다. 수박을 쇠 뭉치로 때리는 소리가 골목 안에 울렸다. 찬의 머리가 수박처럼 깨지지는 않았다. 대신 찬은 비틀거리다 엉덩방아를 찧고 앉았다. 그리고 옆으로 쓰러졌다.

"만세!"

영일이가 팔짝 뛰며 외쳤다.

"기철아, 잘했어."

소혜가 다정히 속삭였다.

록수는 놀라서 턱이 빠졌는지 쩍 벌린 입이 다물어지지 않았다. 나는 찬의 팔을 잡아 일으켜 세웠다. 찬은 비틀거리며 머리를 투레질하 듯 흔들고 눈을 껌벅였다.

"영일아, 가자."

"오케이!"

영일은 깡충대며 뛰어와 돌아서 가는 내 옆에 붙었다. 영일은 연신 깡충대며 나불댔다.

"기철아, 내가 뭐랬냐! 네 머리는 김일 선수보다 셀 거라고 했지! 했지! 넌 이제 우리 학교 짱인 거야! 짱! 짱!"

영일이는 좋아서 쉬지 않고 이 소리 저 소리 했다. 나는 발길을 돌려 이성당으로 가야 한다고 생각했다. 소혜가 늦게라도 와서 나를 기다릴지도 모르는 일이다. 내 마음이 허깨비처럼 떠돌았다.

"이기철!"

골목에서 나온 찬은 나를 큰 소리로 불렀다. 나는 걸음을 멈추고 돌아보았다. 찬이 내게로 천천히 걸어왔다. 찬의 이마는 시퍼렇게 멍이 들어 있었다. 찬은 나를 공격하려는 모양새를 취하다가 내 눈을 뚫어지게 보더니 갑자기 내 어깨에 팔을 둘렀다. 그리고 목소리를 낮췄다.

"소문내지 마라."

"글쎄."

"여신님은 내가 포기한다, 깨끗이."

"나와 소혜는 사귀고 있어. 그러니 너가 포기하고 말 것도 없어."

"그래?"

찬은 주먹을 움켜쥐고는 한참을 아무런 말이 없었다. 어느 순간 찬은 주먹을 펴고 쓸쓸한 얼굴로 하늘을 보았다.

"난 소문 같은 거 안 내. 그러니 소문난대도 내 탓은 하지 마."

그때 찬은 영일을 보았다. 영일은 빙글빙글 웃고 있었다. 나는 돌아섰다. 영일과 나는 집으로 가고 있었고, 찬은 발을 땅에 비비며 서 있었다.

# 달고나와 팅커벨

    오늘은 11월인데도 꽤 추웠다. 골목 어귀에서 좀 떨어진 공터에서 우리는 구슬치기도 하고 딱지치기도 한다. 여자애들은 공터 가장자리 담 밑에서 옹기종기 머리 핀치기도 하고 고무줄놀이를 한다.

    도승이는 곱은 손에 구슬을 집고 눈 가까이 대고 겨냥했다. 도승이가 팔을 휙 뻗어 구슬을 던졌다. 땅에 삼각형 금을 그어서 그 안에 각자 구슬을 5개씩 넣어 두고 맞춰서 삼각형 밖으로 나가게 해서 따 먹는 거다. 나는 이미 5개 본전을 찾았고 4개를 따고 있다. 딱 소리가 났다. 삼각형 안에 구슬이 2개 남아 있다. 도승이가 던진 구슬은 삼각형 안에 든 구슬 2개를 다 피해서 땅에 맞고 힘없이 굴러가 버렸다.

    자기 차례가 된 성철이가 도승이를 밀었다.

    "비켜."

    도승이는 "쳇" 하고 비켜섰다. 성철이는 두 개 중에 한 개를 맞췄다.

땅에 있던 구슬이 탁 튕기자 성철이 좋아라, "아싸!" 하고 달려가서 구슬을 집어 주머니에 넣었다.

다시 내 차례.

잃고 있는 도승은 시무룩한 얼굴로 삼각형 안에 한 개 남은 구슬을 보고 있었다. 저 한 개 내가 맞추면 5개를 따는 것이다. 도승이가 안됐지만, 승부는 승부인 것. 나는 가볍게 구슬을 던졌다.

"타악!"

"오예! 맞았다!"

나는 탄성을 지르며 구슬을 집으러 달려갔다. 구슬을 집고서 고개를 들었는데 큰길에서 골목 어귀로 올라오는 남자가 보였다. 큼직한 안전모 때문인지 얼굴이 잘 안 보였다. 회색 작업복에 뭔가 가득 든 가방을 어깨에 메고 허리에도 잔뜩 뭔가를 둘렀다. 두툼한 작업화에 터벅터벅 익숙한 발소리다.

"도승아! 이거 가져!"

나는 집던 구슬을 놓고 "아빠!" 하고 크게 불렀다. 그리고 아버지에게 뛰어갔다. 아버지는 나를 보고 오던 걸음을 멈췄다. 나는 아버지에게 달려들어 아버지 허리를 두 팔로 감싸고 아버지 배에 얼굴을 묻었다.

"하하, 우리 기영이! 놀고 있었구나."

아버지는 함박웃음을 지으시며 나를 꼭 끌어안았다.

"아버지. 헤헤."

아버지한테서는 항상 봄 냄새, 때로는 따뜻한 겨울 냄새 같은 게 났다.

"아빠, 허리에 그거 뭐야?"

"드라이버랑 펜치, 작업 도구야."

"아빠 이제 전기 고치러 다니는 거야?"

"응, 이제 전공이란다."

"우와!"

나는 아버지 허리를 끌어안은 채 올려다보고 탄성을 질렀다.

"기영아, 이거 친구들이랑 맛있는 거 사 먹거라."

"감사합니다!"

나는 두 손으로 돈을 받으며 꾸벅 절을 했다. 아버지가 십 원짜리 지폐를 두 장이나 주셨다. 아버지는 너무 늦지 않게 놀다 오라고 하면서 먼저 집으로 가셨다. 내가 구슬치기하던 곳으로 돌아가려는데 핀치기를 하던 경주가 내 곁으로 왔다.

"기영아, 달고나 사 먹자."

"달고나?"

요새 달고나 아줌마가 다른 동네로 가셨는지 통 오지 않으셨다. 이 동네에 달고나 파는 데가 또 있었다니. 달고나에 정신이 팔린 나는 구슬치기는 깜박 잊어버리고 경주를 따라갔다. 굽이굽이 골목을 따라 걷는데 경주가 신기하다는 듯 말했다.

"기영아, 넌 아직도 아빠를 막 안고 그러네."

"큭, 난 아빠 얼굴에 내 얼굴을 막 비벼."

"그럼 따갑지 않니? 우리 아빠는 퇴근하고 술 한잔 드시면 기분이 좋아지신대. 내가 자고 있으면 아빠 뺨을 내 얼굴에 비비시거든. 아파서 잠이 확 깨 버린다니까."

"난 좋아."

"너랑 달리 내가 살결이 워낙 보드라워서 그런가 보다."

경주가 자기 뺨을 톡톡 치며 이쁜 척했다.

"칫, 그건 아닌 거 같은데. 너 얼굴 무쇠로 된 거 아냐? 넌 엄청 뻔뻔하잖아."

"너 죽을래?"

주먹을 들고 달려오는 경주를 피해 나는 필사적으로 달렸다. 사실 오늘 아빠한테서 기름 냄새와 쇠 냄새가 났다. 갑자기 그런 냄새가 좋다는 생각이 들었다.

"안녕하세요, 후크 선장님."

경주가 큰 느티나무 아래서 앉은뱅이 의자에 앉아 달고나를 만드는 콧수염 아저씨를 보고 큰 소리로 인사했다. 달고나를 만드는 화덕 앞에는 코흘리개 아이들이 옹기종기 모여 있었다.

"경주 왔냐?"

중절모를 쓰고 열심히 달고나를 만드는 콧수염 아저씨가 갈고리 손을 흔들며 환하게 웃었다.

"네."

경주는 대답하며 얼른 아이들 옆에 쪼그려 앉으며 모양틀을 골랐다.

경주가 후크 선장님이라고 부르는 아저씨가 갈고리 손으로 스푼을 잡더니 통에서 설탕을 떠서 국자에 털어 넣었다. 갈고리 손이 은빛으로 번쩍였다. 스푼을 잡을 때 철컥철컥 소리에 깜짝깜짝 놀라기는 했지만, 엄마에게 들은 얘기가 있어서 아주 무섭지는 않았다. 6·25 때

나라를 위해서 싸우다가 손이나 발을 잃으신 분들이 꽤 많다고 하셨다. 시장이나 길에서 목발을 짚거나 갈고리를 팔에 단 아저씨들을 먼발치로 보기는 했다.

이렇게 가까이에서 보는 건 이번이 처음이었다. 피터 팬에 나오는 악당 후크 선장과 같은 갈고리 손이어서 경주가 아저씨를 후크 선장님이라고 부르는 모양이다. 인자하게 웃는 얼굴을 보니 어느덧 무서운 생각은 사라지고 나도 경주 옆에 쭈그리고 앉 았다.

"같이 온 친구는 누구냐?"

아저씨가 나를 흘끗 보며 묻자, 경주는 여전히 모양틀을 고르며 대답했다.

"우리 반 친구 기영이예요. 기영아, 인사드려."

"안녕하세요, 아저씨."

내가 꾸벅 고개 숙여 인사하자 아저씨가 눈을 부릅뜨는데 눈알이 당장이라도 튀어나올 것 같았다.

"뭐시라고? 아저씨? 예끼! 내가 오빠, 형 소리는 들었어도 아저씨는 정말 처음이구나. 봐봐. 아직도 쌩쌩하다고. 내 얼굴 만져봐도 돼. 완전 뽀송해."

거칠고 주름 많은 얼굴을 보니 전혀 만져 보고 싶지 않았다.

"나중에요. 후크 선장님."

나도 경주처럼 후크 선장님이라고 부르기로 마음먹었다.

"자세히 보니까 또 다르지? 요전에 지나가던 대학생이 동생 취급을 해서 꽤 곤란했다고."

국자에서 보글거리는 달고나에서 눈을 떼지 않고 후크 선장님이 말했다. 후크 선장님은 기분이 좋은지 미소를 지어 얼굴에 더 많은 주름을 만들었다. 나는 후크 선장님이 팔십이라 해도 믿을 것 같지만 예의 바르게 대답했다.

"네."

"고 녀석, 이제 예의를 제대로 차리는구나."

"선장님, 저 골랐어요. 병아리 모양이요. 기영아, 너는 안 골라?"

경주는 병아리 모양 틀을 골랐다. 나는 여러 모양 틀을 집었다 놓았다 했다. 후크 선장님이 막 만든 달고나를 일곱 살쯤 되어 보이는 단발머리 여자애에게 주었다.

"자, 여기 있다. 잘 도전해 봐."

그 달고나는 큼직한 세모 모양이다. 모양대로 떼기는 정말 쉬워 보였다. 꼬맹이들이 여자애를 따라 한구석으로 우르르 몰려가서 떼기에 열중했다.

"야, 밀지 마."

"같이해."

"부러뜨리면 죽어."

시끌벅적한 아이들을 보자 나는 웃음이 났다.

달고나 하나에 목숨을 거는구나.

나는 모양틀을 뒤적여 보지만 원하는 모양틀이 없었다. 난 좀 특별한 것을 생각하고 있었다.

"넌 고르기만 하냐? 별 모양도 예쁜데."

경주가 나를 참견하더니 선장님이 만드는 자기 달고나를 빤히 보았다.

"양이 좀 적은 거 아녜요? 쟤들 달고나가 더 크잖아요."

예리한 눈으로 경주가 지적하니까 후크 선장님이 무심히 말했다.

"달고나 하나에 애들 셋이 매달려 있잖으냐. 그러니 좀 크게 만들어 줄 수도 있는 거지."

"저는 쟤네보다 더 크잖아요. 남들보다 뱃고리도 크다고요. 보실래요?"

셔츠를 들어 보이려는 경주를 나는 황급히 말렸다.

"경주야, 내 거도 너 줄게. 하나 더 사 줄까?"

"네가 사 주려고? 왜?"

경주가 눈을 깜박였다.

국자에서 고개도 들지 않은 채 선장님이 끼어들었다.

"얘가 너 좋아하나 보지. 둘이 결혼하면 되겠네."

나는 기겁을 해서 외쳤다.

"그런 거 아니거든요!"

"야, 빨리 모양틀이나 골라. 네 달고나 끓고 있잖아?"

경주가 병아리 모양 달고나를 조심히 들고 말했다.

"팅커벨 요술 지팡이 모양은 없어요?"

나는 아까부터 생각하고 있던 걸 말했다.

"그런 거는 없는데."

후크 선장님이 나를 빤히 보더니 팅커벨이 뭐냐고 내게 물었다.

"피터 팬에 나오는 요정이잖아요. 팅커벨."

경주가 먼저 나서서 설명했다.

나도 얼른 덧붙였다.

"피터 팬에서 후크 선장은 악당 선장이고요."

"후크 선장이 악당? 경주야, 이게 어떻게 된 거냐?"

후크 선장님은 달고나를 휘젓던 손을 멈추고 믿을 수 없다는 듯 경주를 빤히 바라보았다.

"용감하고 멋진 선장이라며?"

경주는 급히 손을 내저었다.

"제가 젤 좋아하는 선장님인걸요? 후크 선장, 완전 멋져요. 짱, 짱!"

경주가 급히 엄지를 치켜들면서 나를 무섭게 노려보았다. 후크 선장님은 경주가 귀여운지 입꼬리를 올리며 인사하게 웃으며 다시 달고나를 저었다. 그러고서 상자에서 더듬더듬 무얼 찾는데, 한줄기 묘하고도 신비한 빛이 선장님의 얼굴을 스쳤다. 국자를 쇠판에 '탁' 쳐서 달고나를 떨어뜨리고 손잡이가 달린 동그란 쇠판으로 눌렀다. 그리고는 상자에서 꺼낸 모양틀로 모양을 만들었다. 그 모양틀은 고추 모양이었다.

"잘 떼어 봐."

"우와! 이런 것도 있으셨네요."

"선장님, 기영이 얘 얼마 전에 어떤 할머니한테 고추 받았어요."

"그래? 나도 받았는데."

선장님이 윗도리 안주머니에서 복주머니를 꺼내 보여 주었다. 그

복주머니에도 빨간 고추가 들어 있었다.

후크 선장님은 부엉이 할머니 얘기를 했다.

"그 할머니에게는 오라비가 있었다는구나. 어릴 때부터 서로를 아꼈단다. 너무 가난해서 오라비는 돈 벌러 간다고 떠났는데 다시는 돌아오지 못했단다. 할머니는 결혼해서도 가난하게 살았지. 그러다 할머니 남편이 어느 해 고추 농사를 지어서 큰돈을 벌었단다."

"정말요?"

나는 눈이 커졌다.

"그해 고추 농사가 다들 흉작이었는데 할머니 남편 고추 농사만 잘 된 거야. 고춧값이 무려 20배나 뛰었단다. 할머니네는 고추 판 돈으로 장사를 해 큰 부자가 되었지."

"그렇군요. 그런데 부엉이 할머니는 왜 부엉이 노래를 부르고 다녀요?"

"부엉이 할머니 오빠가 '울고 넘는 박달재'란 노래를 즐겨 불렀단다. 부자가 되니까 더 오라비 생각이 났나 봐. 치매가 생겼어도 기억하는 게 있단다. 오라비가 많이 보고 싶었나 보다."

"그래서 할머니는 이 고추가 돈이라고 하는 거네요?"

경주가 듣고 있다가 말했다. 후크 선장님은 고개를 끄덕였다.

경주와 나는 일어섰다. 가다가 뒤돌아보니 후크 선장님이 활짝 웃으며 갈고리 손을 흔들고 있었다. 경주와 헤어져 집에 가는 동안 가슴속에서 기쁨이 올라왔다. 고추의 소중함을 깨달았다고나 할까. 나는 고추 모양 달고나가 깨지지 않게 조심하며 집으로 갔다.

"드릉드릉, 푸하, 푸하."

기철이 형이 온몸을 들썩이며 우렁차게 코를 골고 자고 있다. 아깐 이리저리 뒤척거리고 또, 갑자기 벌떡 일어나 땅이 꺼지라고 한숨까지 쉬더니만 어느새 꿈나라 입성이다.

이제 시간이 되었다. 하던 숙제는 치워 버리고 책상 위에 종이를 깔았다. 조심스럽게 서랍에서 꺼낸 것은 바로 고추 모양 달고나! 종이 위에 달고나를 올려놓고는 엄마 반짇고리에서 챙겨 놓은 바늘을 들고 간절히 기도했다.

하느님, 부처님, 공자님, 짚신, 고무신, 모든 신님 제발, 달고나 떼기를 성공하게 도와주세요.

나는 기도를 하고서 바늘 끝에 침을 묻히고 고추 모양에 따라 한 땀 한 땀 바늘로 찍어 가기 시작했다. 휴, 대충 보니까 백 번도 더 찍어야 할 것 같았다. 아니 이백 번? 한참 찍어 가다 좀 쉬다 다시 시작했다.

잠시 후 마루에서 괘종시계가 열 번 종을 쳤다. 9시부터 시작했는데 벌써 한 시간이 나 지났다. 고추 꼭지 부분은 가늘어서 찍는데 숨이 저절로 멈춰졌다. 가슴이 조마조마하고 이마에 땀이 맺혔다. 꼭지 부분 중간쯤 찍을 때쯤이었다. 이마에서 땀이 달고나로 뚝 떨어졌다. 나는 너무 놀라 기절할 뻔했다. 하지만 땀이 고추 모양 밖 넓은 곳에 떨어진 것이다.

"후. 다행이다."

안도의 한숨을 내쉬는데 고추 꼭지 부분이 힘없이 금이 가 버렸다.

"깨져 버렸네."

땀방울이 또 떨어져 달고나가 깨진 거였다.

그때 기철 형이 자다가 벌떡 일어나더니 "소혜야!" 크게 부르고 다시 쓰러져 잤다. 나는 짜증이 나서 바늘로 형의 발바닥을 찔러 버렸다.

"끄악! 불났냐? 소혜야."

"아냐 형, 그냥 자."

미쳤어. 미쳤어.

나는 형을 밀치고 내 잠자리에 들어갔다.

형은 다시 잤다. 머리만 대면 잠들어 버리는 우리 형, 참 대단하다. 내일 후크 선장 아저씨에게 달고나를 또 만들어 와야겠다고 생각하며 나는 잠을 잤다.


"임자, 웬 서캐가 이리 많어?"

"내가 무슨 서캐가 있어요?"

"그럼 이건 뭐여?"

"먼지야, 먼지. 후, 불어 버려요."

"어머님, 안 돼요. 우리 이 다 옮아요. 손톱으로 톡톡 터뜨려야죠."

나는 밖이 시끄러워서 잠을 깼다. 아직도 기철 형은 내 배에 다리를 턱 올려놓고 굳세게 자고 있다. 창을 넘어온 햇살이 형의 얼굴을 비추고 있는데도 말이다. 나는 형의 다리를 밀치고 일어나 눈을 비비며 얼른 책상에 가 보았다. 어제 부서진 달고나가 그대로 있었다. 그때 할머니가 나를 불렀다.

"기영아, 일어났냐? 할미 머리 좀 빗겨라."

"네, 할머니."

나는 얼른 대답하며 책상에서 일어났다. 책상에 그대로 두고 온 달고나를 형이 일어나 먹을까 봐 걱정하면서 마루로 나와 할머니 머리를 참빗으로 빗겼다.

"할머니들은 치매가 있는 거예요?"

"그런 할망구들도 있고 안 그런 할망구들도 있지."

"그러면 할머니는 치매 안 걸리실 거죠?"

"네 할미는 쌩쌩혀. 네 할아버지가 조금 걱정되긴 하지. 흥흥."

"뭐여?"

옆에서 할아버지가 발끈하셨다.

"기영아, 기철아, 상 들여가렴."

엄마가 부엌에서 큰 소리로 말했다.

형이 눈을 비비며 방에서 나왔다. 그런데 입에 달고나를 물고 나왔다.

"악! 내 달고나."

나는 깜짝 놀라 비명을 질렀다.

"왜 좀 먹으면 안 되냐?"

형이 달고나를 살금살금 씹으며 말했다.

"내놔!"

"줄까?"

형이 달고나가 녹아 반짝이는 혀를 쑥 내밀었다.

"그거 내 땀이 뚝뚝 떨어진 거야. 어때? 짭조름할 거다."

형은 왝, 하며 침을 뱉었다.

나는 형에게 메롱 하고 부엌으로 갔다.

"기철이는 뭐 하니?"

엄마가 밥상을 거의 다 차리면서 물었다. 형이 그제야 들어왔다.

"동생아, 밥상 들자."

형은 언제 그랬냐는 듯 고개를 빳빳이 들고 있다. 정말 뻔뻔한 형이다. 팅커벨 요술 지팡이만 있다면 형을 난쟁이로 만들어 버리고 싶었다.

어젯밤 꿈에 나는 달고나 고추 지팡이를 들고 주문을 외웠다.

"수리수리 마하수리 금으로 변해랏! 얍!"

책상 위에 펼쳐 놓은 고추씨가 변하지 않는다. 나는 다시 한번 외쳐
보지만, 고추씨는 꿈쩍 않는다.

"그건 아니야."

나는 깜짝 놀라 소리가 들리는 창문을 본다. 별빛이 쏟아져 들어와
이리저리 움직이며 늘씬하고 아름다운 팅커벨 요정으로 변한다.

"앗, 팅커벨 요정님?"

"기영아, 반가워."

팅커벨은 반짝반짝 빛나는 요술 지팡이로 내 고추 지팡이를 살짝
친다. 고추 지팡이가 신비로운 빛을 쏟아내사 방 안이 온통 은빛으로
꽉 찬다.

"이제 해 봐."

팅커벨이 미소 지어 나를 본다.

나는 신비로운 빛을 쏟아내는 고추 지팡이를 고추씨 위에 쭉 뻗고
외친다.

"수리수리 마하수리 금으로 변해랏! 얍!"

고추씨 한 개가 반짝하고 빛을 낸다. 연달아 고추씨들이 빛을 낸다.
그리고 순식간에 책상은 황금빛으로 출렁인다.

"우와! 금이다, 금!"

"금은 개뿔!"

어? 누구지? 고개를 이리저리 돌려 보니 팅커벨은 없고 부엉이 할머니가 서 있다.

"농사를 지어야지 돈이 되지."

"할머니, 초등학생이 어떻게 농사를 지어요?"

"옛날엔 네 나이면 지게 지고 소 꼴 먹이고 일하며 살았어. 이눔아."

"어? 할머니, 싹이 나요."

책상 위에 깔린 고추씨에서 싹이 움튼다.

"우흐엉 우흥."

부엉이 할머니가 부엉이로 변하고 창을 살며시 뚫고 날아간다.


"기영아, 밥 안 먹고 뭔 생각하나?"

기철이 형이 볼이 불룩해져 음식을 씹으며 말했다. 늘 저렇게 밥을 먹는다. 서너 숟갈 입에 넣고 나서 밥을 씹는다. 나는 그제야 국 한번 떠먹고 밥을 먹기 시작했다.

나는 꿈을 많이 꾼다. 꿈에서 할아버지가 돌아가셔서 울다가 잠을 깨 할아버지가 돌아가셨어, 하고 말하면 엄마는 할아버지가 오래 사실 꿈이라고 했다. 꿈은 참 신기하다. 부엉이 할머니가 진짜로 부엉이로 변하기도 했다. 아마 부엉이 할머니는 오래 사실 것 같다. 부엉이는 오래 사니까.

# 깨인 꿈도 꿈이다

비릿하고 시큼하면서도 퀴퀴한 냄새가 났다. 아직 눈을 뜨지도 않은 나는 이게 내게서 나는 냄새라는 걸 안다. 밤늦도록 뒤척이다 간신히 잠들었다. 무슨 꿈을 꿨는지 생각도 나지 않지만, 온몸이 뻐근하고 힘이 하나도 없는 게 밤새 꿈속에서 무언가에 시달렸던 것 같다. 학교에 가기 전 땀에 젖은 속옷을 갈아입어야겠다.

어제 소혜가 이성당에 오지 않을 것이라고 상상도 못 했다. 물론 찬 때문에 나오지 않기를 바라는 마음이 없지는 않았지만, 막상 나오지 않으니 이상한 생각이 마구 들기 시작했다. 혹시 하루 만에 맘이 변한 것일까? 막상 집에 가서 생각해 보니 내가 별것 아니게 느껴진 걸까. 여자의 마음은 갈대라 하지 않는가. 오늘 이랬다가 내일 저럴 수 있는 게 여자의 마음이라던데. 아니다. 소혜는 그럴 리 없다. 그때 우리 사이에 흐르던 그 전류는 무엇인가.

그렇다면 부모님께 남학생을 만나고 다닌다며 엄청나게 혼난 것일까? 집 학교 이외에는 아무 데도 가지 못하게 된 것은 아닌지. 그래, 그럴 수 있다. 아니, 아닐 수도 있지. 아, 몰라, 아무것도 모르겠다.

아침밥을 먹는 둥 마는 둥 집을 나섰다. 오늘은 일요일이어서 거리에 사람들이 별로 없었다. 혹시나 소혜를 만나지 않을까 해서 거리 곳곳을 유심히 살피며 걸었다. 소혜가 혹시 어제가 아니라 오늘 만나는 거로 착각했을 수 있다는 생각이 들어 서둘러 이성당으로 갔다. 이성당 앞으로 오자 갓 구운 빵 냄새가 났다. 창을 통해 안을 살피니 손님은 없고 주인아주머니 혼자서 빵을 진열하고 있었다.

나는 이성당 앞에서 괜히 서성이며 왔다 갔다 했다. 주인아주머니 눈에 띌까 봐서 길 건너편으로 가 이성당을 보았다. 한 무리의 여학생들이 왁자지껄하며 빵집으로 들어갔다. 햇살이 빵이 가득 담긴 접시가 놓인 탁자를 환하게 비추었다. 여학생들은 서로를 바라보며 빵을 먹고 얘기하고 밝게 웃는다. 어느덧 이성당 탁자를 비추던 햇빛이 탁자에서 사라졌다. 여학생들은 이성당에서 나와 어디로 가고 이성당 앞은 한산하고 적막했다.

불현듯 소혜가 만화방에서 무협지를 보고 있을 것 같은 생각이 들었다. 나는 발을 떼어 만화방으로 향했다. 내용에 푹 빠져 울며 웃으며 무협지를 보고 있다가 내가 가서 어깨를 툭 건드리면 나를 보고 환하게 웃어 줄 거라는 생각이 들어 마음이 부풀었다.

하지만 만화방이 가까워져 오자 만날 수 있다는 생각은 점점 불안감으로 바뀌며 발걸음이 느려졌다.

만화방은 남자들로 꽉 차 있었다. 군데군데 여학생 머리도 보였다. 나는 의자 사이를 지나며 소혜를 찾았다. 어떤 남자 다리를 부딪치자 나를 노려봤다. 나는 미안하다고 고개를 숙여 보이고 다른 의자 사이를 지나며 살폈다. 소혜는 없었다. 계산대 뒤에 서 있는 주인아저씨에게 꾸벅 인사하고 만화방을 나왔다. 버스 정류장에도 버스를 기다리고 또 오르고 내리는 사람뿐 소혜는 볼 수 없었다.

몇 주가 지났다. 나는 매일 이성당에 찾아가 물었다. 아줌마는 요새 통 오지 않는다고 했다. 만화방에 갔을 때도 주인아저씨도 같은 말을 했다.

"안 와. 안 보여."

밤에도 틈틈이 집에서 몰래 나와 버스 정류장에도 가 보았지만, 언제나 타고내리는 사람뿐이었다. 그러는 동안 10월이 가 버렸다.

11월 첫째 주가 되자 나는 성심여중에 가 보기로 했다.

"기철아, 웬 학교에 새벽같이 가는 거니?"

"청소 당번이라 빨리 가려고요."

나는 부엌에서 도시락을 챙겨 가방에 넣으며 엄마에게 거짓말을 했다.

"그럼 빨리 가야지."

엄마는 어서 가라고 손짓하고는 무를 다듬으셨다.

"학교에 다녀오겠습니다."

"내 정신 좀 봐. 기철아, 잠깐 이리 와 봐라."

"네? 저 빨리 가야 하는데."

영문도 모른 채 엄마에게 갔다. 주위에 아무도 없는 것을 확인하시고는 엄마가 앞치마 주머니에서 돈을 꺼내 내게 주셨다. 언뜻 봐도 용돈치고는 꽤 두둑했다. 거의 명절 수준이었다.

"엄마? 이게 뭐예요?"

"장미가 주는 선물이야. 넣어 둬. 넣어 둬."

엄마는 수줍게 웃으시며 다시 무를 다듬으셨다.

"자, 장미라니요?"

"왜 싫어?"

"아니요. 물론 저는 고맙게 받겠지만."

엄마는 무를 내려놓으시고는 행복에 젖은 눈빛으로 나를 바라보셨다. 다시 주위를 둘러보시곤 목소리를 낮춰 말씀하셨다.

"내가 라디오에 사연을 보냈거든. 아들을 자랑한다고. 그게 뽑혔어. 선물로 한복 교환권을 받았어. 엄마는 한복 있으니까 바로 현금화를 했단다. 호호호."

"엄마, 축하해요. 저까지 챙겨 주시고."

"이게 다 네가 시로 엄마를 정확히 표현해 줘서 가능했던 거지. 네가 시 쓴 거 보냈거든."

시라고? 엄마한테 시를 보여 드린 적 없는 나는 적잖이 당황했다.

"무슨 말씀이신지."

"소나기 내린 후 핀 장미."

엄마는 내게 서툰 윙크까지 하셨다.

"우리 아들이 멋진 시를 써서 방바닥에 구겨 버린 걸 엄마가 읽어 봤지 않겠니? 아름다운 시를 써 줘서 엄마는 정말 행복했다고. 아들, 사랑해."

아니, 내 시가 나도 모르는 새에 세상에 공개되었다니. 작품이 작가의 손을 떠난 순간 이미 작가의 것이 아니라 이 세상의 것이라는 게 정녕 사실이었구나. 스스로 존재를 드러내어 자신의 가치까지 증명하였다! 근데 그렇게 생각하면 내 몫이 좀 적은 듯했다.

"엄마, 그럼 나머지 돈은요?"

"다 가족을 위해 생활비로 쓸 건데, 우리 큰아들만은 따로 챙겨 주고 싶더라. 사랑한다, 아들. 학교 청소한다며. 어여 가."

사랑 가득한 엄마의 눈빛이 집을 나서는 나를 따뜻하게 비춰 주었다.

대문을 나서자마자 나는 성심여중 쪽으로 미친 듯이 뛰었다.

성심여중 교문 건너편에 도착했을 때 학교에 들어가는 학생은 한 명도 보이지 않았다. 다행이라고 생각하며 교문 건너편 대각선 방향의 플라타너스 뒤에 몸을 숨기고 교문을 살폈다. 1학년쯤 돼 보이는 아주 작은 여학생이 교문 쪽으로 와서 학교로 들어갔다. 조금 지나자 많은 여학생이 교문으로 들어갔다.

나는 한 명 한 명 꼼꼼히 살폈다. 우르르 몰려들어 가던 여학생이 점점 뜸해지고 아침 서리가 사라져 갈 때쯤이 되자 등교하는 여학생은 한 명도 보이지 않았다. 소혜는 보이지 않았다.

소혜는 어디론가 꼭꼭 숨어 버린 것이다. 나는 터덜터덜 걸어서 우리 학교로 갔다. 왠지 모르게 가슴이 아려왔다.

우리 학교에 온 나는 개구멍으로 들어가다가 규율부 선생님에게 걸려서 엎드려뻗쳐 하고 엉덩이를 다섯 대나 맞았다. 그것도 모자라 규율부실로 끌려가 오전 내내 손들고 무릎 꿇고 앉아 벌을 받았다. 담임이 와서 내 엉덩이를 걷어차고 규율부에서 데리고 나가셨다. 담임선생님이 나를 구해준 것이다.

"야, 그 애 집에 가 보지 그래?"

영일과 나는 6교시가 끝나고 쉬는 시간에 학교 건물 뒷벽에 웅크리고 서서 노루 꼬리만큼 남은 햇볕을 쬐며 있었다.

"버스 정류장 뒤쪽이라는 것만 알아."

"어디 정류장이냐?"

"오거리."

"오거리 뒤면 집들이 많은데."

"오늘부터 한 집 한 집 뒤져 보려고 한다."

"미쳤냐? 나한테 좋은 수가 있어."

"좋은 수?"

"그게 공짜로 얻어질 수 있다고 믿는다면 넌 세상을 아직 모르는 거야."

방과 후, 영일과 나는 이성당에 와 크림빵과 곰보빵을 두 개씩 골라 자리를 잡고 앉았다. 크림빵을 보자 소혜가 보고 싶었다. 볼이 불룩해져서 크림빵을 먹던 소혜 얼굴이 눈에 어른거렸다.

"자, 이제 말해 봐. 좋은 생각이란 게 뭐냐?"

"빵값 보여 줘 봐."

"뭐?"

"네가 사는 거 확실하지?"

영일은 곰보 빵을 앞에 놓고 먹지도 못하면서, 혹시나 자기가 돈을 내게 될까 봐 걱정하는 눈빛이었다. 나는 교복 주머니에서 십 원짜리 지폐 몇 장 찔끔 보여 줬다. 안심하는 표정으로 영일이 크게 빵을 베어 물더니 싱긋 웃었다. 우적우적 빵을 씹다가는 가방에서 공책을 꺼내 한 장 쭉 찢었다. 종이에 뭔가를 쓰면서 호기롭게 말했다

"야, 우유도 한 잔 사 와라."

내 돈을 보고 우유까지 벗겨 먹으려고 한다. 나는 괜히 돈을 보여 줬다고 생각하며 우유를 주문하러 갔다. 쟁반에 우유 두 잔을 들고 와 탁자에 놓고 앉았다. 영일은 우유 한잔을 단숨에 마시고 내 우유 잔까지 잡았다.

"그거 내려놔라. 내 거다."

"크크, 그러네."

영일은 멋쩍은 듯 웃더니 종이를 들고 말했다.

"디제이에게 네 사연을 전해 보려고."

"뭐? 얀마, 안 돼!"

"안 되긴!"

영일은 내가 말릴 틈도 없이 번개처럼 디제이 박스로 가더니 신청 곡 넣는 구멍에 꼭꼭 접은 종이를 넣었다. 디제이 박스 안에서 디제이 가 영일의 종이를 펴 들었다. 디제이가 마이크를 입 가까이 끌어당기 자 이성당 안 스피커에서 덜거덕거리는 증폭음이 울렸다. 나는 쥐구

멍이라도 있으면 숨고 싶다는 말을 정확히 경험하고 있었다. 하지만 소혜를 찾을 수 있다면 그 어떤 것도 감당해 내야 했다. 마이크를 톡톡 치는 소리가 들렸다.

"여러분, 집중해 주셔야겠습니다."

웃고 떠들며 빵을 먹던 사람들이 일제히 조용해졌다. 나는 얼른 주위를 둘러보았다. 맙소사. 저쪽에 찬과 록수도 있다. 어떤 여학생들과 2대 2 미팅을 하는 모양이었다. 알록달록 옷을 입은 여학생들도 꽤 많다.

"우리가 이 세상에 태어나 가장 빛날 때가 언제일까요?"

아무도 말이 없자 디제이는 빵집 아줌마를 보며 물었다.

"사장님?"

빵집 아줌마는 테이블을 '탁' 치더니 큰 소리로 말했다.

"작년 크리스마스 때 우리 집 매출이 따따블이었거든. 그때 우리 집 아저씨가 내가 너무 예뻐 보인다고 하더라고. 얼굴이 막 금덩이같이 빛난대."

열심히 듣던 디제이는 바로 맞장구를 쳤다.

"맞습니다. 사장님이 만든 빵을 사람들이 맛있게 먹을 때 정말 행복하셨을 거예요. 그게 바로 세상을 향한 사장님의 사랑이었고, 세상은 그 사랑에 높은 판매량으로 보답했습니다. 사장님 얼굴은 여전히 금덩이같이 빛나십니다."

옆자리에서 푸른색 체육복을 입은 여자애들이 수군댔다.

"뭐야? 저게 그렇게 중요한 얘기야? 빵집 아줌마 얼굴이 금덩이 같은 게?"

"얼굴에 뭘 잔뜩 발라서 번쩍이는 것 같은데?"

"빵 맛 떨어진다야. 우리 나갈까?"

그때 디제이가 부드러운 목소리로 말을 이었다.

"세상을 향한 사장님의 숭고한 사랑 이야기에 이어 뜨겁고도 처절하고, 슬프고도 아름다운 이야기 하나 나누도록 하지요."

슬프고도 아름다운 이야기를 해 준다는 말에 웅성거리던 사람들이 다시 조용해졌다. 이번에 뭔가 제대로 하지 않으면 다들 빵집을 나갈 기세였다. 어떤 이야기일까? 설마 내 이야기인가? 그때 디제이가 잔잔히 닐 세카다의 유민 에브리씽 투미를 틀었다. 나는 모든 생각을 멈추고 귀를 기울였다.

"한 외로운 영혼이 있었습니다. 외로운데도 외로운지 모르고 살아가는 짐승 같은 사내였지요. 짐승, 아시죠? 고릴라, 곰, 돼지."

난 눈이 휘둥그레졌다. 설마 저 짐승 같은 놈이 나? 난 기가 막혀서 영일을 툭 쳤다.

"이거 네가 써서 디제이한테 읽으라고 준 거야?"

영일도 입이 떡 벌어져서 절대 아니라며 두 손을 내저었다. 디제이가 말을 이어 갔다.

"그런 짐승 같은 영혼에게 온 한 소녀가 있습니다. 하늘에서 내려온 천사가 아닐까요. 그녀의 손짓에 그 영혼의 가슴은 떨리고 그녀의 웃음소리에 그 영혼은 천국에 온 것만 같았습니다."

천사라는 말에 난 귀가 솔깃했다. 그렇다. 소혜는 천사였다. 그렇지 않다면 이렇게 순식간에 사라져 버릴 수 있단 말인가.

부드럽기만 하던 디제이의 목소리에 위엄이 더해졌다.

"여러분, 우연이란 신의 손길의 또 다른 이름이라고들 하죠. 지금 여러분이 여기에 계신 것이 우연일까요? 이 소녀의 행방을 애타게 찾는 영혼이 지금 이 자리에 있습니다. 이 소녀가 누구인지, 이 영혼이 누구인지 알려 드리기 전에, 만일 여러분이 도와주시지 않는다면 무슨 일이 일어날지 먼저 말씀드리죠."

푸른 체육복을 입은 소녀 중에 땡땡이 머리띠를 한 여학생이 양 갈래로 머리를 땋은 친구를 보고 말했다.

"어머, 무슨 일이 일어날까?"

"난 벌써 무서워지는데. 우리 그냥 나갈까?"

"무슨 소리야. 듣고 가야지. 도울 수 있으면 당연히 도와야지."

나도 그 영혼에 무슨 일이 일어날지 너무너무 궁금해졌다. 영일도 디제이한테서 눈을 떼지 못하고 있었다.

"그 영혼은 소녀를 찾으며 이렇게 울부짖고 있습니다. 그대여, 전 당신이 너무도 그리워요. 당신은 내 삶의 의미예요. 어디에 있나요? 당신이 떠나 버린다면, 멀리 떠나 버리신다면……."

디제이는 말을 멈추었다. 다들 숨을 죽였다. 어디선가 흐흐흑 울음소리가 들렸다. 디제이였다.

양 갈래머리 소녀가 머리띠 소녀에게 말했다.

"어머머, 우는 거야? 어떻게 해."

"콧물도 나오는 거 같아. 야, 빨리 이 손수건 좀 전해 줘."

"네가 직접 해."

"야아, 나 못 해."

그 순간 공기를 가르며 디제이석으로 달려가는 한 사람이 있다, 록수였다. 옅은 초록빛 손수건을 디제이 손에 쥐여 주고는 자기 자리로 돌아갔다. 록수의 눈은 벌겋게 충혈되어 있었다.

가까스로 울음을 멈춘 디제이는 코를 팽 풀더니 목소리를 가다듬었다.

"거기 남학생, 손수건 정말 감사합니다. 아쉬움이 있다면, 손수건을 건네 주실 따뜻한 가슴의 숙녀분이 안 계셨다는 것……."

잠긴 목소리로 말하던 디제이가 고개를 떨구며 말을 멈추자, 나는 디제이가 다시 엉엉 우는 건 아닐까 걱정이 되었다. 다행히도 디제이는 다시 입을 열었다.

"이 소녀가 존재하지 않는 세상은 이 영혼에 어떤 의미일까요?"

갑자기 머리가 멍해졌다. 소혜가 없는 세상이라니. 그건 어떤 세상일지 상상조차 할 수 없었다. 갑자기 세상이 텅 비어 버린 느낌이 들었다. 나 혼자 허허벌판에 서 있는 것만 같았다.

디제이는 슬픔과 절망을 가득 담은 눈으로 빵집 청중을 쭉 둘러보고 한숨을 내쉬더니 답을 주었다.

"마치 태양이 사라진, 눈물만이 남은 하늘 아래 사는 것 같을 겁니다."

쿵.

심장이 내 몸에서 떨어져 나왔다. 숨을 쉬는 것조차 잊어버렸다.

"야, 너 왜 그래? 괜찮아?"

영일이 나를 흔들었다. 나는 초점 없는 눈으로 바닥만 응시하고 있었다.

그때 디제이 입에서 나온 소혜의 이름에 나는 번쩍 정신이 들었다.

"이 소녀의 이름은 소혜. 성심여중 2학년 학생이라고 합니다. 소혜 양으로부터 갑자기 소식이 끊겼다고 하는데, 소혜 양 소식 아시는 분 있으면 제게 알려 주십시오. 잘 전달하겠습니다."

그때 뒤쪽에서 여자애들이 수군대는 소리가 들렸다.

"소혜? 2학년 4반?"

"응. 걔가 학교 신문 기자도 하지 않았냐? 아, 편집부장이었지."

소혜 이름이 들리자 나는 급히 뒤를 돌아보았다. 성심여중 교복을 입은 애와 성심여중 빨간 체육복을 입은 애였다.

"걔가 갑자기 없어졌지?"

"엄청 아프다던데? 요양하러 갔다는 얘기가 있어."

"마, 말도 안 돼. 걔 하나도 안 아파 보였잖아. 거짓말이지?"

"어렸을 때 아팠나 봐. 다 나은 줄 알고 있었는데 그게 갑자기 재발했대."

옆자리의 푸른 체육복 입은 머리띠 소녀가 그곳으로 달려가 끼어들었다.

"나 소혜랑 초등학교 6학년 때 같은 반이었는데 거의 죽을 뻔했다가 간신히 나았어. 학교도 너무 많이 빠져서 졸업 못 한다고 했는데 하긴 했더라고."

양갈래 소녀도 뒷자리로 가서 자기 친구 옆에 섰다.

"너 소혜라는 애를 알고 있었던 거야?"

"응."

"어디가 아픈 건데?"

"그건 나두 잘 몰라. 심각한 거겠지. 학교에도 못 나왔으니까."

빨간 체육복이 목소리를 높여 말했다.

"근데 저 남자 안됐다. 소혜 어디 갔는지 아는 사람은 없던데?"

교복 입은 한 여자애도 고개를 갸우뚱했다.

"걔네 집은 어딘지 아니?"

양갈래 소녀가 말했다.

"어릴 때는 저쪽 버스 정류장 근처에 살았던 거 같은데. 너희는 걔네 집도 모르는 거야?"

교복 입은 애는 고개를 저었다.

"사실 걔가 까불고 웃는 거 같아도 좀 신비주의였잖아. 담임은 뭔가 아는 거 같은데 절대 얘기 안 해 준대."

빨간 체육복이 중요한 점을 짚어 냈다.

"살던 집이 어딘지 알아도 온 가족이 이사했는지, 소혜만 요양 갔는지 그것도 확실치 않고."

머리띠 소녀는 울먹이기 시작했다.

"너무 불쌍해. 소혜도, 그 남자애도."

양갈래 소녀도 같이 울먹였다.

"불쌍하긴 뭐가 불쌍해. 흑흑 학생이 공부 안 하고 연애하면 안 되지. 흐흐흑, 아무리 아파도, 아무리, 아무리 큰 병에 걸렸어도, 흑흑, 연애하면 안 되는 거야. 엉엉엉."

난 머리가 터져 버릴 것만 같았다. 이게 다 무슨 소리인지. 꿈을 꾸고 있는 것만 같았다. 다시 디제이가 마이크를 톡톡 때리며 이목을 집중시켰다.

"혹시 사연의 남자분께 직접 소혜 님 행방을 알려 주고 싶으신 분이 있으신가요? 그렇다면 이 자리에서 남자 주인공이 누구인지 밝히는 것도 좋을 것 같네요. 이기철 님, 지금 이 자리에 계시나요?"

나는 온몸을 부들부들 떨며 테이블의 빈 접시만 바라보고 있었다. 소혜는 여신이 아니었다. 천사도 아니었다. 천하무적 불멸의 존재가 아니라 연약한 사슴이었다. 나의 작고 여린 꽃사슴. 지금 그녀는 어디서 혼자 아파하고 있을까. 나는 달려가서 그녀를 보살펴 주고 싶었다. 소혜는 얼마나 내가 보고 싶을까.

그래, 버스 정류장 집들을 하나하나 다 뒤져 봐야겠다. 소혜 집을 어떻게든 찾아서 소혜를 만나야겠다. 소혜 없는 세상은 나는 도저히 살아 나갈 수 없다.

나는 주먹을 불끈 쥐고 벌떡 일어났다. 결의에 찬 얼굴로 입을 꾹 다물고 잠시 서 있다가 조용히 눈을 감았다.

"아, 저기 학생이 혹시 이기철 님인가요? 대답을 안 하긴 하지만 표정이 말해 주네요. 이기철 님 맞는 것 같습니다. 다들 봐 주세요. 이분입니다. 이분께 직접 소혜 님 소식 알려 드리고 싶으시다면 언제든 알려 주세요. 어느 학교 학생이시죠?"

디제이가 뭐라 뭐라 계속 말했지만 들리지 않았다. 나는 결의에 가득 차서 눈을 감고 온 우주로부터 용기와 힘을 모으는 데 정신을 집중했다. 그리고는 눈을 번쩍 떴다. 등뼈가 꼿꼿이 세워지고 어깨가 쫙 펴졌다. 배꼽 아래 단전으로부터 올라오는 힘이 내 몸을 가득 채웠다. 이제 나를 막을 수 있는 것은 아무것도 없었다. 버스 정류장 뒤 집들아, 기다려라. 내가 간다.

난 달리기 시작했다. 놀란 영일이 팔을 붙잡았지만 나는 간단히 그 손을 뿌리쳤다.

"기철아, 이기철!"

영일이가 내 이름을 불러 댔지만, 나는 멈추지 않았다. 앞을 가로막은 다른 테이블은 가볍게 뛰어넘었다. 슬로우 모션처럼 다른 사람의 음료가 넘어져 바닥으로 떨어지려는 것을 가볍게 받아 제자리에 놓았다. 그리고 디제이석 옆을 지나며 가볍게 거수경례를 했다. 디제이도 가볍게 손을 이마깨에 대며 인사를 했다. 이렇게 그대로 달려가 집들을 두드려 보면 될 것이다.

아주 잠깐이지만 사악한 기운이 빵집 어딘가에 있는 것이 느껴졌다. 그 기운이 나를 넘보는 것 같았지만 그런 생각은 바로 털어 버렸다. 난 우주의 응원을 받는 사람이다. 그런 것 따위 문제 될 리 없었다. 나는 그대로 빵집 문을 열고 밖으로 뛰어 나갔다. 서늘하지만 상쾌한 공기가 뺨을 찰싹 때렸다. 그래도 소혜랑 같은 하늘 아래 있다는 게 감사했다. 소혜야, 내가 간다. 이제 내가 너를 지켜 줄게. 네 천사가 되어 줄게.

"기철아! 이기철!"

영일이가 나를 부르며 뛰어나왔다. 녀석, 친구가 맞긴 맞다. 같이 가겠다는 거겠지. 픽 웃음이 나왔다. 그래 형이 한번 달려 볼 테니 따라와 봐라.

영일이가 비호같이 쫓아와 강력한 아귀로 내 교복을 붙잡았다.

"기철아, 빵값!"

영일의 단단한 아귀에 붙잡힌 채 나는 주머니를 뒤적여 돈을 건넸다. 영일이가 돈을 낚아채고는 뒤도 돌아보지 않고 이성당으로 뛰어갔다. 나는 돌아섰다.

"이기철."

누나로 보이는 여자와 내 또래의 여학생이 내게로 다가왔다. 여학생은 다른 건 평범한데 눈 밑에 큼직한 점이 있었다. 누나로 보이는 여자는 빨간 판탈롱을 입고 있었는데 어디서 본 듯했다.

"네 사랑이 눈물겹네."

"누구?"

"너 나 몰라?"

전혀 모르겠다는 표정으로 서 있는 내게 판탈롱 누나는 탁구장, 하고 내뱉었다.

맞다, 탁구장.

탁구장에서 소혜에게 면도날을 날렸던 그 고등학생 누나였다. 그 면도날을 내가 맞았던 거고…… 갑자기 울컥 화가 올라오는 걸 참고 침착하게 말했다.

"여기에 무슨 일로?"

"애가 소혜랑 같은 반인데 소혜가 어디 있는지 안대."

판탈롱 누나가 내 또래 여학생 어깨를 툭툭 치며 말했다. 나도 모르게 쓰고 있던 인상이 활짝 펴지며 세상을 다 가진 듯 가슴이 벅차올랐다.

"줘라, 이 녀석 좋아 죽겠나 보다."

"여기……."

내 또래 여학생이 내게 쪽지를 건넸다. 나는 쪽지를 받아 펴 보았다.

"소혜가 있는 곳 주소야. 애는 소혜랑 아주 친했대. 그렇지?"

판타롱 누나가 내 또래 여학생을 보며 말했다.

"네, 언니."

내 또래 여학생은 조그맣게 대답했다.

"잘해 봐라. 우린 간다."

판탈롱 누나는 내 또래 여학생을 데리고 휭허케 갔다. 그때 영일이가 빵값을 내고 내게로 뛰어왔다.

"뭐냐? 저 애들."

영일이가 숨을 색색 대며 내게 물었다.

"소혜 반 친구. 소혜가 지금 있는 곳의 주소를 줬어."

"어디 봐."

영일은 내 손에 든 쪽지를 낚아채 가더니 읽었다.

"경기도 양주군 구리면…… 사노리 29번지."

쪽지를 다시 빼앗아 주머니에 잘 넣고는 영일과 집을 향해 걸었다.

나는 기쁘기도 하고 무섭기도 했다.

"기철아, 내 방법이 완전 통했다. 그치? 하하."

나는 가방을 팔에 걸어 주머니에 두 손을 찌르고 땅만 보고 걸었다.

아까 일은 순식간에 일어나 버렸고 지금 내 주머니에는 소혜의 주소가 있다. 시간이 지날수록 기쁜 마음에 막연한 두려움이 조금씩 스며들었다.

어둑해져서 집에 왔다.

"다녀왔습니다."

내가 인사하자 할머니, 할아버지, 엄마가 방에서 튀어나오셨다.

"아이고, 내 손주 장하다! 장해!"

마루에 잡지사에서 온 소포가 있었다.

"기철아, 일전에 말한 그 라디오지? 얼른 뜯어 봐라."

"에미가, 너 오면 직접 뜯어야 한다고 해서 안 뜯었다. 얼른 뜯어라, 헐헐."

할아버지가 기분이 좋아서 웃으셨다. 엄마는 내가 대견해서 환하게 웃으시며 나를 보셨다. 할머니는 덩실덩실 춤을 추실 기세였다. 내가 소포를 뜯자 번쩍번쩍한 새 라디오가 나왔다. 라디오는 소리가 맑은 FM 라디오였다. 내가 건전지를 넣고 라디오를 틀자 노랫소리가 깨끗하게 흘러나왔다. 모두 탄성을 질렀다. 방에서 무얼 하는지 나와 보지도 않던 기영이와 오덕이는 노랫소리를 듣고 나와서 신기한지 이리저리 돌려보며 라디오에 붙어 앉았다.

엄마와 할머니는 새 라디오를 서로 양보하며 소란을 떨었다. 결국,

뒤에 넓적한 건전지를 고무줄로 동여맨 AM 라디오는 엄마 방으로 옮겨졌고 새 라디오는 할아버지 방으로 갔다.

나는 이 야단법석을 씁쓸하게 바라보았다. 라디오는 소혜와 함께 잡지사에 가서 찾고 싶었다. 그런데 소혜는 이제 없고 라디오는 혼자서 왔다. 나는 주머니 속에 들어 있는 소혜의 주소를 꼭 쥐었다.

"다녀왔습니다."

아버지가 퇴근해 들어오셨다.

"다녀오셨어요."

"그래, 기철아, 아버지 왔다."

기름 냄새 나는 작업복을 입으신 아버지는 힘이 빠진 모습이었다. 사무만 보던 아버지가 온종일 전봇대에 매달려 작업하고 이제 오신 것이다. 죄책감이 들었다.

나는 저녁밥을 먹고 방으로 들어와 책상에 앉았다. 아까 소혜 반 친구에게 받은 메모지를 책상에 펼쳐 두었다. 책꽂이에 꽂혀 있는 지리부도 교과서가 눈에 들어왔다.

기영이와 오덕이도 밥숟갈 놓기 무섭게 방에 들어와 구석에 놓아둔 고추 모판 앞에 앉아 살피고 있다. 빈 사과 궤짝 송판을 뜯어 두부판 모양으로 만든 상자에 흙을 담아 고추씨를 뿌린 것이다.

나는 지리부도를 꺼내 들고 책상 위에 펼쳤다. 첫 장은 대한민국전도였다. 몇 장 넘겨 경기도 편을 찾았다. 양주군 구리면은 서울 동쪽에 경계를 둔 곳이었다. 서랍에서 자를 꺼내 서울에서 구리면 까지 지도상의 길이를 재어 보았다. 이 지도의 축척은 오천 분의 일이었다. 잰

길이에 오천을 곱했다. 우리 집에서 구리면 사노리까지 대략 30킬로미터 정도 되었다. 큰길을 따라갈 거니까 40킬로미터, 그러니까 백 리 정도 돼 보였다.

"오빠, 왜 싹이 나오지 않아?"

"좀 더 기다려야 해. 물 주고 온도도 따뜻하게 해 주면 나오게 돼 있어."

"자고 나면 나올지도 몰라."

"맞아. 그럴지도 모르지."

내 동생들이 모판을 보며 서로 말을 주고받는다. 나는 동생들을 물끄러미 보았다. 내게도 저런 때가 있었다. 해맑은 얼굴로 학교에 다니고 집에 오면 밥 먹고 숙제하다가 바로 잠들었다. 소혜를 만나기 전까지는. 이제는 아주 중요한 것을 알아 버렸다. 나는 훌쩍 커 버린 느낌이 들었다. 나는 의자에서 일어나 동생들에게 조용히 다가갔다. 그리고 뒤에서 동생들을 꼭 안았다.

"아이, 왜 그래."

기영은 몸을 빼서 옆으로 비켜났다. 나는 오덕이를 그대로 안고 있었다.

"오빠가 안아 주니까 좋다."

"오빠도 좋아."

"정말?"

"으응."

나는 마음이 따뜻해졌다.

"기철이 오빠, 나 말 태워 줘."

"응."

내가 네 발로 엎드려 서자 오덕이가 내 등에 올라탔다. '이럇, 이럇' 하며 손바닥으로 내 엉덩이를 때리는 오덕을 등에 싣고 방바닥을 말처럼 기어 다녔다.

"이랴얏!"

갑자기 기영이도 오덕이 뒤에 올라탔다. 나는 몇 발 가지 못하고 납작 엎드렸다. 동생들은 내 등에 앉아서 말 타는 흉내를 내며 엉덩이를 들썩였다.

"애들아, 강냉이 먹거라."

엄마가 그릇에 강냉이를 들고 들어오셨다. 나는 일어나려고 했다. 하지만 오덕이와 기영이가 내 등에 납작 엎드려 못 일어나게 눌렀다.

"야, 나 숨 막혀."

나는 힘을 주어 벌떡 일어나는데 엄마가 펄쩍 뛰어 나를 누르고 있는 기영이 등에 납작 엎드리며 나를 못 일어나게 눌렀다.

"기철이 못 일어난다. 호호호."

시끄러운 소리에 할머니가 들어오셨다.

"우리 기철이가 고생이구나. 홍홍홍."

웃으시며 위에 또 올라탔다. 나는 꼼짝할 수 없었다.

"나, 죽어요. 뭐야, 다들!"

"기철이 우리 장손, 기운이 좀 나나 보네."

할머니가 신이 나는지 꽉꽉 눌렀다. 엄마도 웃으며 꾹 누르신다. 그때 내 눈에 엄마가 가져온 강냉이 그릇이 눈에 띄었다. 손을 힘껏 뻗어 강냉이 한 움큼을 집어 들고 식구들 얼굴에 마구 던졌다.

"아악, 이게 뭐야!"

"오빠!"

"형이 반격을 시작했다!"

그 바람에 나는 빠져나올 수 있었다. 나는 강냉이를 그릇째 들고 강냉이를 그들에게 던지며 도망쳤다. 엄마가 따라와서는 그릇을 빼앗아 내게 강냉이를 던졌다.

"호호호, 도망가 봐야 부처님 손바닥 안이지!"

나도 몸을 숙여 피하고는 방바닥의 강냉이를 긁어모아 엄마에게 던졌다.

"엄마, 받아랏!"

그때 오덕이가 엄마에게 강냉이를 던지고 기영은 오덕이에게 던지고 오덕은 나에게 던졌다. 나는 과장되게 아픈 표정을 지으며 비명을 질렀다. 오덕이는 깔깔 웃었다. 아버지까지 나오셔서 나에게 던지고 엄마는 아버지에게 던지고 할머니는 엄마에게 던졌다. 모두 웃고 떠들고, 난리였다. 나는 가슴 깊은 곳에서 터져 나오려는 무언가를 누르며 크게 웃었다.

그날 밤 우리 집에는 오랫동안 하얀 강냉이 눈이 내렸다. 마당에 있던 멍멍이가 놀라서 짖어 댔다.

"멍멍아, 싸우는 게 아니란다."

할아버지는 멍멍이를 달래시며 허허허 웃으셨다.

다음 날 나는 학교에 가자마자 영일에게 이마를 만져 보라고 했다. 영일은 손바닥을 내 이마에 갖다 댔다.

"왜?"

"열나지? 열나는 거 맞지?"

자기 이마와 내 이마를 번갈아 만져보더니 영일은 고개를 젓는다.

"아니. 나보다 차가운데."

"그래? 그럼 열나는 거 말고 조퇴할 방법 없겠냐."

"오늘 소혜 찾아가려고? 그럼 다시 손대 볼게. 혹시 모르니까."

영일은 이마에 다시 댔다.

"앗, 뜨거."

손을 얼른 뗀 영일은 뜨거워서 견딜 수 없다는 듯 입으로 손바닥을 후후 불었다. 그러더니 뜨겁다던 손바닥을 턱에 괴고 내 눈을 오랫동안 바라봤다.

"기철아, 네가 한시라도 빨리 소혜를 만나고 싶어 하는 마음은 알겠어. 그런데 거기 갔다 오려면 하루 다 잡아먹을걸. 학교 있는 날은 안 될 거 같고 속 편하게 일요일에 갔다 와. 내 말을 공자님 말씀으로 알고 그렇게 하도록 하여라."

나는 한숨을 길게 내쉬었다.


일요일 아침 눈을 뜨자마자 나는 서둘러 세수를 하고, 기말고사 준비하러 도서관에 간다고 하고서 집을 나섰다. 청량리역에서 춘천 가는 기차를 타다가 인창역에서 내린 후부터 사노리까지 걸어가기로 마음먹었다.

나는 오거리 버스 정류장까지 서둘러 걸었다. 내가 버스 정류장에 거의 왔을 때 버스는 승객을 태우고 막 출발하고 있었다. 화들짝 놀라 달리는 버스 옆구리를 마구 두드렸다. 버스는 멈춰 섰고 나는 거듭 감사하며 버스에 뛰어올랐다. 버스 안내양 누나가 '오라이'라고 외치며 문을 두드리자 버스가 다시 출발했다. 버스 안은 한가했다. 나는 소혜 부모님을 만나게 될지 몰라 단정히 교복을 입고 있었다. 교복에 책가방까지 든 학생은 나 하나라 좀 어색했다.

얼마 후 성동역 버스 정류장에 도착했고 나는 성동역에서 경춘선 기차표를 샀다. 혼자 기차표를 사는 것은 처음이었다. 개찰구 앞에서 역무원이 펀치로 기차표에 구멍을 내어 표를 확인했다. 개찰구를 통과하여 플랫폼으로 가니 기차가 이미 와 있어 얼른 올라탔다. 플랫폼 끝에서 역무원이 깃발을 흔들었다. 기차가 덜컹 소리를 내며 출발했고 나는 창가에 자리 잡았다.

몇 개 역을 지날 때까지 움직이지 않은 채로 창밖 풍경을 보고 있었다. 기차가 터널에 들어섰다. 창이 어두워지고 창에는 잔뜩 긴장한 표정의 한 얼굴이 비쳤다. 눈은 복잡한 감정들이 섞여 있고, 긴장했는지 입을 꼭 다물고 있었다. 나였다. 내가 왜 여기에 있지. 나는 무엇 때문에 기차를 타고 있는 거지. 아무런 생각도 나지 않았다. 창에 비친 그 얼굴을 계속 바라보고 있었다. 소혜가 떠올랐다.

불과 몇 달 전만 해도 그 애는 내 인생 밖에 있었다. 그런데 지금 나는 홀린 듯이 기차를 타고 그 애에게 가고 있다. 그때였다. 어두웠던 터널이 끝나고 갑자기 환한 햇빛이 내 얼굴을 덮었다. 너무 눈이 부셔 눈을 감았다. 따뜻한 햇볕을 느끼며 문득 깨달아졌다. 소혜는 세상 모든 것에 색깔을 입히고 살아갈 힘을 주는 태양이었다.

갈매역 앞에서 길을 물었다.

사노리는 서쪽으로 조금 비낀 동쪽이었다. 나는 설렘이 가득하여 빠르게 걸었다. 금방 큰길을 벗어나 넓은 천이 나왔다. 서리가 막 걷혀 소슬해진 천 둑길을 따라 걸었다. 천 한가운데 튀어나온 땅에 학 여러 마리가 제각기 긴 다리로 서 있었다.

여름내 푸르렀을 억새가 시들어 고개를 숙이고 바람에 흔들리고 있었다. 옆구리에 책가방을 힘주어 끼고 나는 억새 바다를 따라 걸었다.

왼편 멀리 긴 솟대가 보였다. 마을 입구에 솟대가 있다는 것을 역사 선생님에게 들은 적이 있다. 낮은 구릉 밑으로 집들이 엎드려 있는 저곳이 사노리가 틀림없었다. 내 앞쪽으로 오던 소구루마가 마을 쪽으로 난 길로 가는 것을 보고 나는 소구루마로 달려갔다. 나는 사노리 29번지를 물었다. 볏짚을 가득 싣고 소구루마를 몰고 가는 할아버지가 그쪽으로 가신다며 나를 소구루마에 태워 주셨다.

볏짚에 등을 대고 다리를 쭉 뻗고 누웠다. 흔들흔들 가는데 발끝에서 은빛으로 반짝이던 천이 멀어졌다. 하늘은 유난히 맑고 파랬다.

"저쪽이야."

"감사합니다, 할아버지."

나는 고맙다고 꾸벅 절을 하고 할아버지가 가리킨 손끝으로 뛰어갔다. 초가집이 보이고 그 옆으로 슬레이트 지붕의 긴 축사가 보였다.

초가집은 큰 집이었는데 볏짚을 새로 이었고 노랗게 햇빛에 빛났다. 깨끗하고 널찍한 마당에서 할머니와 아주머니가 늦가을 햇살에 고추를 말리며 두런두런 이야기하는 소리가 들렸다.

여기가 소혜 집이다. 소혜 할머니와 엄마인가 보다. 소혜는 방 안에 있는지 보이지 않는다. 어떻게 소혜를 불러내야 할지 고민이 되었다. 어릴 때라면 담 밖에서 '소혜야, 놀자!' 하고 크게 부르면 되는 일이지만, 이제 나는 한국의 청소년이다. 조선 시대에는 열다섯이면 약혼도 하고 장가도 들었다는데, 아무리 세상이 바뀌었다 해도 선뜻 소혜를 부르기가 뭐하다.

나는 우물쭈물하다가 소혜가 혹시라도 나올까 기다려 보려고 대문에서 좀 떨어진 곳으로 발걸음을 떼었다.

"용수야, 공일에도 학교에 가니?"

공일? 우리 할머니가 가끔 일요일을 공일이라고 말한다. 나는 걸음을 멈추고 돌아보았다. 고추를 말리던 아주머니였다.

"엉, 용수가 아니네?"

겸연쩍은지 아주머니가 나에게 미소를 짓고 몸을 돌렸다. 나는 마을 쪽으로 가려는 아주머니를 용기를 내어 불렀다. 아주머니가 다시 나에게 몸을 돌렸다.

"저기."

아주머니가 나를 빤히 보셨다.

"혹시 여기가 사노리 29번지, 소혜네 집 아닌가요?"

"29번지는 맞는데."

나는 무언가 잘못된 것 같다는 불안에 마음이 어두워졌다.

"서울 성심여중에 다니는."

"우리 집에는 딸이 없어, 학생."

고추를 말리던 할머니가 대문으로 나오면서 저기 양계장 집 딸이 공부 잘해서 서울로 유학 갔는데? 하셨다.

"어미야, 무슨 중학교라 했드냐?"

"성심여중요."

"인물도 잘나고 영특해서 마을에서는 재색을 겸비한 사임당이 다시 태어났다고 했었지!"

사임당? 그러고 보니 그런 것 같기도 하다. 소혜는 사임당이었다.

"감사합니다!"

나는 급하게 인사하고 옆에 있는 양계장 축사로 달려갔다.

"우리 사장님 딸 이름은 박정애인데?"

양계장 인부의 입에서 엉뚱한 이름이 튀어나왔다. 나는 가슴이 서늘했다.

"성심여중."

나는 말을 잊지 못했다.

"그래! 성심여중 2학년 박정애."

아저씨가 왼쪽 눈 밑을 가리켰다.

"네? 혹시?"

나도 왼쪽 눈 밑을 가리켰다.

"맞어. 정애 고것이 아주 참하고 예쁜데 거기에 복점까지 있지."

인부가 껄껄 웃으며 반갑다는 듯 오물이 잔뜩 묻은 손으로 내 손을 잡았다.

"들어와, 들어와. 에구머니, 내 정신 좀 봐. 미안해서 이를 어째."

장갑을 서둘러 벗은 인부는 자신의 손으로 내 손에 묻은 오물을 털어 내려 했지만, 점점 더 번지기만 했다.

"다 닦아졌네. 이 정도면 됐지, 뭐."

인부는 집 쪽으로 고개를 돌리더니 크게 소리 질렀다.

"사장님, 정애 친구 왔어요!"

나는 그제야 정신이 번쩍 들어 나를 잡는 인부 아저씨를 뿌리치고 집 밖으로 달려 나왔다. 숨이 끊어질 것 같을 때까지 달리다가 마을 입구 느티나무에 다다라서야 멈추어 섰다. 나무를 짚고 거친 숨을 내쉬며 한참을 서 있다가 하늘을 올려다보았다. 해가 하늘 높이 있었다.

나는 가방끈을 팔에 걸고 두 손을 교복 윗도리 주머니에 찔러 넣은 채, 왔던 길을 되돌아 걸었다. 주머니에 든 주소가 적힌 쪽지를 가만히 쥐었다. 그 판탈롱 누나가 나를 골탕 먹인 것이다. 탁구장에서 일로 앙심을 품었을 테니까. 박정애란 소혜 반 친구는 그 판탈롱의 협박에 자기 옆집 주소를 적어 이 쪽지를 주었나 보다.

악, 비명이 터져 나왔다. 나는 돌멩이를 집어 내던졌다. 돌멩이는 저만치 털썩 풀숲에 떨어졌다. 놀란 새들이 푸드덕 날아올랐다. 날아가는 새들을 보며 입술을 깨물었다.

나는 소혜가 미웠다.

바보가 되어 버린 것 같았다. 내가 언제, 한 번이라도 내 삶에 들어오라고 애원했던 적이 있던가. 막무가내로 내 인생에 불쑥 들어와서 이리저리 헤집더니 홀연히 가 버렸다. 완전히 날 놀려 먹은 거다. 판탈롱이 나를 놀린 거고, 박정애가 날 놀린 거고, 이 모든 요인은 소혜다. 소혜는 날 잔인하게 놀려 먹은 거다. 그리고 그 누구보다도 내 편이어야 할 인생이라는 놈이 날 실컷 놀려 먹고 비웃고 있다. 주먹을 불끈 쥐고 한없이 서 있었다.

내가 어떻든 상관없다는 듯 하늘은 맑고 다시 새가 평화롭게 날았

다. 부드러운 바람이 불었다.

어디선가 종소리가 들렸다. 멀리서 기를 들고 누런 베옷을 입은 사람들이 갔다. 뭣에 홀린 듯 나는 그들이 잘 보이는 곳으로 달려가 상여가 나가는 걸 보았다. 꽃상여를 어깨에 멘 그들은 논길을 지나 구릉으로 올라갔다. 딸랑딸랑 종소리가 산과 들에 울리고, 머리에 흰 띠를 두른 상여꾼 앞잡이가 종을 치며 소리를 부르고 뒤 상여꾼도 소리를 부르며 갔다.

꿈이로다, 꿈이로다.
모두가 꿈이로다.
너도나도 꿈속이요,
이것저것이 꿈이로다.
꿈 깨이니 또 꿈이요.
깨인 꿈도 꿈이로다.
아이고, 데고 어허라 데어

상여는 구릉을 넘어갔다.

갈매역에서 나는 기차를 타지 않았다. 철길을 따라서 걸었다. 해 질 무렵 성동역에 다 와 가자 철길을 벗어나 걸었다. 제기동에서 동대문으로 그리고 종로길로 걸었다. 소혜와 함께 영화를 봤던 극장 앞을 지나쳤다. 극장에서 '스잔나'가 아직도 상영되고 있었다. 조금 더 가니 풀빵 장수 아저씨가 풀빵을 굽고 있었다. 나는 아침부터 지금까지 아무것도 먹지 않았다는 걸 깨달았다. 오거리 버스 정류장에 와서 의자에 우두커니 앉아 있었다. 여전히 밝은 달이 남쪽 하늘에 있었다. 나는 일어나 집으로 걸어갔다.

# 꽃보다 그림

어제 고추 싹이 텄다. 나는 책상에 앉아 시험공부를 하다가 파릇하게 올라온 고추 싹을 아까부터 마냥 보고 있었다. 오덕이는 나와 함께 보다가 엄마 방으로 자러 갔다. 방문이 열리고 기철이 형이 들어왔다. 형은 들고 있던 책가방을 책상 위로 던졌다. 공부하느라 펼쳐 놓은 책이 고추 모판 옆으로 떨어졌다. 하마터면 고추 모판이 다 망쳐질 뻔했다. 나는 몹시 화가 났다.

"형! 뭐야! 왜 그래?"

형은 말없이 아랫목으로 가서 이불을 얼굴까지 덮어 쓰고 웅크리고 자 버린다. 나는 떨어진 책을 집어 들고 책상에 앉아 책을 폈다. 공부가 잘되지 않았다. 자꾸만 고추 모판의 새싹만 바라보게 된다. 나는 의자에서 일어나 고추 모판 앞에 엎드리고 새싹을 보았다. 고추 새싹이 예뻤다. 연초록 새싹이 반짝반짝 빛이 났다. 한참 보다가 깜박 잠이 들었다.

어디선가 울음소리가 들렸다. 아주 슬프게 우는 울음이었다. 나는 벌떡 일어나 둘러보니 형이 이불 속에서 숨을 죽여 울고 있었다. 형이 이렇게 슬프게 우는 걸 본 적이 없다. 형은 울음을 그치지 않는다. 밖에서 엄마가 방으로 들어오시려는 것을 아빠가 잡는 소리가 들렸다.

"내버려 둡시다."

엄마, 아빠의 발소리가 멀어졌다. 나는 형에게 다가가 손을 형 등에 댔다. 형이 들썩이며 우는 슬픔이 손에 떨려 왔다. 어느새 나는 형을 끌어안고 울고 있었다. 그리고 잠이 들었다.


"선장님! 가져왔어요."

나는 유리를 달고나 만드는 궤짝 옆에 놓았다.

후크 선장님은 달고나만 잘 만드는 게 아니라 이것저것 못 하는 게 없는 만물박사였다. 고장 난 장난감도 잘 고쳐 주시고 구멍 난 고무신도 때워 주셨다. 내가 고추 농사를 시작했다는 것을 알고 많은 관심을 보이셨다. 날이 추워지니 고추 모판을 양지바른 곳에 두고 온실처럼 네모진 어항 같은 것으로 덮는 게 좋겠다고 말씀하셨다. 나와 친구들은 버려진 유리를 찾아 들고 후크 선장님에게 왔다. 내가 가져온 것은 큼직했기 때문에 이마에 땀이 흘렀다. 성철이와 도승이가 가져온 것은 내 것보다 작았다.

"요건 쓸 만하고, 이것은 너무 깨져서 버려야겠는걸."

"네, 빨리 만들어 주세요. 후크 선장님. 헤헤."

"이걸로는 좀 부족해. 옆 판은 얼추 됐는데 위에 올릴 상판으로 쓸게 없구나."

"기영아! 우리 좀 도와줘."

경주와 다혜가 큰 유리를 낑낑대며 들고 오고 있었다. 나는 달려가 같이 들었다.

"귀퉁이가 좀 깨진 거야 엄마가 가져가도 된다고 했어."

선장님은 큰 유리를 힐끔 보며 말했다.

"그거면 되겠다."

선장님은 콧노래를 부르며 유리 덮개를 만들기 시작했다. 유리 칼로 자르고 유리끼리 맞댄 부분을 까만 전기 테이프로 붙였다. 어느덧 사각형 모양의 투명한 틀이 만들어졌다.

"와!"

나와 아이들은 탄성을 질렀다.

"감사합니다! 선장님."

나는 완성된 유리 덮개를 가슴에 안아 들고 조심조심 갔다. 아이들이 뒤따라 오다가 하나씩 '안녕, 잘 가' 하고 갔다.

집에 와서 고추 모판에 덮개를 씌웠다. 멋졌다. 오덕이가 팔짝팔짝 뛰며 탄성을 질렀다.

"햇볕을 받아야 잘 자라거든, 또 추우면 안 돼. 그래서 이걸 씌운 거야."

"와! 오빠 천재다!"

"흐흐흐. 후크 선장님이 가르쳐 준 거야."

"후크 선장님이 누구야?"

"달고나 파는 아저씨."

"거기 가자. 달고나 사 줘, 오빠."

"고추를 키우려면 돈이 많이 들어가. 비료도 사야 하고, 오빠는 돈을 모아야 해. 미안해. 오빠가 이담에 꼭 달고나 사 줄게."

오덕이는 아쉬워하면서도 고개를 끄덕이며 손가락을 걸었다.

그게 벌써 일주일 전 일이다.

오늘은 볕이 좋아 나는 유리 덮인 고추 모판 온상을 밖에 내놓고 학교에 갔다. 할머니 할아버지 엄마 오덕이는 친척 결혼식에 간다고 했고, 기철이 형은 개교기념일이라고 집에 있다.

형은 이불을 여미고 울고 난 다음부터 이상하게 변했다. 다락에 처박혀 있던 이젤을 꺼내 그림만 그렸다. 엄마가 예전에 썼던 이젤이었다.

아마 형은 집에서 그림만 그릴 것이다. 잘 알아보기 힘든 이상한 스케치만 하면서.

"이기영, 강경주, 송다혜, 양희준, 전민호."

선생님이 오늘 경시대회 나갈 사람 이름을 불렀다. 나를 첫 번째로 불렀다. 내가 이번 학기말 시험에서 일등을 한 것일까?

경시대회는 각 반에서 성적순으로 다섯 명을 뽑아 더 어려운 문제를 낸 시험을 보는 것이다. 그렇게 해서 학년 일등을 뽑아 상장과 상품을 준다. 난 경시대회에서 일등을 해 본 적도 없을뿐더러 그런 욕심을 내 본 적이 없다.

"4교시 끝나고 경시대회 시험을 보니까 이름 부른 사람들은 일학년 일반으로 가도록 해요."

선생님 교단에서 우리를 바라보고 말씀하셨다.

"네."

양희준과 전민호가 우렁차게 대답했다. 내 소리는 묻혔다. 내가 작게 대답한 것은 아무래도 밖에 내놓고 온 고추 온상이 걱정되어서이다. 점점 하늘이 꾸물꾸물해지고 있었다.

4교시가 끝나 일학년 일반 교실로 가는데 복도 창문이 더 어두워졌다. 나는 경주에게 소리쳐 말하고 밖으로 뛰어나갔다.

"경주야, 우리 집으로 책가방 갖다 줘!"

"기영아, 왜 그래?"

경주가 놀라서 묻는 소리를 뒤로하고 운동장을 가로질러 달렸다. 아침에 없던 바람이 거세게 불었다. 교문을 뛰어나오자 갑자기 쏟아지는 진눈깨비가 바람에 회오리치며 내 볼을 따갑게 때렸다.

나는 죽으라고 뛰어 집으로 달려갔다. 개울가 길로 접어들었다. 여기만 지나면 곧바로 우리 집이 금방이다. 그런데 앞에 어떤 할머니가 웅크리고 걸어오다가 눈에 미끄러져 개울에 빠져 버렸다.

나는 놀라서 그 자리에 멈추었다. 자세히 보니 부엉이 할머니였다. 나는 고추 온상은 까맣게 잊어버리고 개울에 뛰어들어 할머니 겨드랑이를 두 팔로 껴안았다. 아이처럼 작고 마른 할머니는 정말 가벼웠다. 오덕이 정도밖에 되지 않는 것 같았다. 나는 개울 둑까지 할머니를 끌어올렸다. 그리고 할머니를 등에 업었다. 어떻게 된 건지 정확히 기억은 나지 않는다. 나는 어느새 할머니 집 근처에 다다라 있었고 할머니를 찾고 있던 아저씨를 만날 수 있었다.

"고맙구나! 네가 아니었으면 우리 어머니가 돌아가실 뻔했어. 고맙다! 고마워!"

아저씨는 할머니를 방에 눕히고 나와 내 두 손을 덥석 잡고 말했다. 아저씨는 부엉이 할머니 아들이다.

부엉이 할머니 집에서 나와 집에 가는데 바람도 멈추고 거짓말같이 눈이 그쳤다.

고추 싹은 영상 24도 이상이어야 한다고 했다. 그런데 조금 전까지 구름 끼고 눈까지 내렸으니 고추는 죽었을 거라는 생각이 들자 눈물이 나왔다.

주먹으로 눈물을 닦으며 우리 집 마당에 들어섰다. 마당 한쪽에 두었던 온상이 보이지 않았다. 두리번거리다가 마루 구석에 놓인 온상을 보았다. 그런데 어찌 된 건지 온상이 금빛으로 물들어 환하게 빛을 내고 있었다. 온상 안에 까만 소켓에 끼워진 전구가 마치 따뜻한 난로처럼 금빛 열기를 쏟아 내고 있었다.

고추 새싹이 금빛으로 물들어 숨 막히게 예뻤다.

나는 우리 방에 들어가 그림 그리고 앉아 있는 형 뒤에 가서 껴안았다.

"형아야, 고마워, 진짜 고마워."

"몰라. 난 전구가 뭔지 소켓이 뭔지 나는 진짜 몰라."

"형아야."

나는 눈물이 찔끔 나왔다.

다음 날 학교에서 선생님께 불려갔다.

"말해 보렴."

"고추가 죽을까 봐서요."

"고추? 선생님은 무슨 말인지 모르겠다."

나는 정직하게 다 말했다. 선생님은 잠시 창밖을 보셨다. 그리고는 말씀하셨다.

"자리로 들어가."

나는 내 자리로 가다가 선생님을 다시 돌아보았다. 선생님 눈시울이 살짝 붉어져 있었다.

곧 크리스마스다. 작년 이맘때면 우리는 따끈따끈한 아랫목에 모여 앉아 이불 속에 발을 맞대고 만화책도 보고 동화책도 읽고 엄마는 라디오 연속극도 듣고 겨울밤을 보냈는데 지금은 그러지 못하다.

엄마가 오거리 극장 앞에서 꽃 장사를 시작했기 때문이다.

"엄마!"

꽃들에 둘러싸인 엄마의 모습을 보면 엄마가 더 예뻐 보였다. 난 엄마에게 뛰어갔다.

"기영이 왔니? 여기 땅콩 과자 먹어라. 영일이 형이 사 왔다."

영일이 형은 연탄 화덕 불을 죄며 기철이 형 옆에 서 있었다.

엄마는 형을 꼭 데리고 다니셨다. 꽃수레 옆에 형 자리를 마련해 놓으시고 형이 마음껏 뭔가를 그릴 수 있도록 하셨다.

"형들, 안녕."

기철이 형은 먼 산을 보는 듯한 눈으로 그림을 그리고 있었다. 언제부터인가 나는 기철이 형이 어색해졌다. 형은 말수도 줄고 움직이는 것도 굼떠졌다. 무엇보다도 기철이 형은 언제부터인가 눈에 초점이 없어졌다. 그러면서 그림을 그리기 시작했는데 뭐를 그리는 건지 도통 알 수 없는 그런 걸 그리고 있었다. 어, 오늘은 뭔가 사람 같기도 하고. 이제는 뭔가 형체를 드러내고 있다. 영일이 형이 땅콩 과자를 한 개 집어먹으며 말했다.

"안녕, 꼬맹이."

"나, 꼬맹이 아니야."

"그래. 나도 네 나이 때는 그랬단다. 이렇게 다 크고 나서야 그때가 얼마나 어렸는지 깨달았지. 이거 먹고 부지런히 커라."

영일이 형은 땅콩 과자를 하나 건넸다. 땅콩 과자의 윗부분을 베어 물고 기철이 형을 보니, 형은 땅콩 과자는 먹지 않고 있었다.

"형, 형도 이거 먹어."

나는 과자를 우물거리며 내가 남긴 아랫부분을 형의 입에 갖다 댔다. 형은 땅콩 과자가 입술에 닿자 놀란 듯하더니 고개를 저었다. 그리고는 주머니에서 작은 비닐봉지를 꺼내서 그 안의 뭔가를 조금씩 떼어 먹었다. 그건 곰보빵이었다.

"엥? 엄마, 형은 혼자 곰보빵 먹어요."

엄마가 내게 말하려는데 마침 손님이 와서 꽃을 챙겨 주시느라 바쁘셨다.

"이거나 먹어, 인마."

영일이 형은 땅콩 과자를 하나 더 집어 내 입에 쑤셔 넣었다.

"꼬맹아. 너랑 나는 이 땅콩 과자를 먹어도 그만 안 먹어도 그만이지?"

"응?"

"그런 걸 간식이라고 해. 그런데 네 형은 저 곰보빵이 간식이 아니란다."

"그럼 뭔데?"

영일이 형은 하늘을 쳐다보더니 자기 가슴에 손을 얹고 나를 뚫어지게 쳐다봤다.

"마음의 고약."

"뭐?"

"그래. 꼬맹아. 저 곰보빵는 약이라고. 네 형의 마음을 치유하는."

"고약은 먹는 게 아니라 붙이는 거 아닌가?"

영일이 형은 나의 지적을 무시하고는 다시 하늘을 올려다봤다. 이 번에는 하늘을 향해 두 손을 뻗었다. 형의 이런 모습에 나는 왠지 등골이 서늘해졌다. 옆걸음을 치며 엄마 곁으로 가려는데 형이 내 머리를 덥석 감싸 쥐었다. 그리고는 기철이 형 쪽으로 내 얼굴을 돌렸다.

"봐 봐. 넌 네 형이 정상으로 보이니?"

멍한 눈으로 손톱만큼씩 빵을 떼서 입에 넣는 기철이 형이 이상했지만, 영일이 형에 비하면야 너무도 정상적으로 보였다.

"네 형 말이야. 저 상태를 뭐라고 하는지 아니?"

영일 형의 손아귀에서 빠져나오려 애쓰며 나는 말했다.

"그, 글쎄. 빵 먹는 상태?"

"헛, 이 꼬맹이. 아직 모르는 게 많구나. 네 형은 지금 아주 심각한 병에 걸렸어."

난 그 자리에 굳어졌다.

"우리 형이 아프단 말야?"

영일 형은 그제야 내 머리를 붙들던 손을 풀고는 고개를 끄덕였다.

"이제 뭔가 좀 아네, 꼬맹이."

난 형에게 달려가 할머니가 내가 아프면 하시듯 형의 이마에 손을 댔다. 이마는 너무도 정상이었다. 아니면 내 손이 이상해진 건가?

"괜찮은 거 같은데."

영일이 형은 두 번째 손가락으로 하늘을 가리키고는 두 팔을 벌려 한 바퀴를 돌고는 내 앞에 섰다. 지나가는 사람들이 영일이 형을 보고는 수군거리며 지나갔다. 내 얼굴이 붉어지고 집에 가고 싶어졌다.

"꼬맹이. 하나하나 짚어 보자고. 네 형 요새 별말이 없지?"

나는 고개를 끄덕였다.

"집에서는 뭘 잘 먹지도 않고, 꼭 뭔가 빠져나간 것처럼 멍하고."

정확한 지적에 귀를 쫑긋하며 나는 고개를 계속 끄덕였다.

"무엇보다도 명백한 증거!"

영일이 형의 손가락은 강하게 공기를 가르며 상대의 목을 겨누는 펜싱 선수의 칼처럼 형의 그림을 가리켰다.

"넌 저게 뭐로 보이니?"

"뭔가 사람 같기도 하고."

"그러니까 뭔지 잘 모르겠다, 이거지?"

"응."

"실각증이야."

"시, 실각증?"

"응. 실각증."

"잃을 실, 감각 할 때 '각' 알지? 그리고 증상 할 때 그 '증' 말이야."

난 그런 병이 있다는 말은 처음 들어봤다. 우리 형이 실각증, 이라니.

"아무리 꼬맹이지만 이런 말은 들어봤겠지? '사랑에 눈이 멀다.'

네 형은 지금 시각을 잃은 상태야. 저 그림은 분명히 우리 바로 앞에 있는 극장을 그리는 게 틀림없는데 극장이 보이지 않는 거야. 그러니 저렇게 그림이 나올 수밖에 없는 거지."

"저건 극장 아니고 사람 같은데."

영일이 형은 다시 그림을 보고는 놀란 표정을 지었지만, 곧 표정을 수습하고 말을 이었다.

"꼬맹이. 너 이 땅콩 과자 맛있어, 맛없어?"

"맛있어."

"그래. 근데 네 형은 지금 뭘 먹고 있지?"

"곰보빵."

"바로 그거야. 네 형은 지금 미각을 잃었다고. 이 땅콩 과자를 거부할 정도면."

"그건 곰보빵이 더 맛있어서 그런 거 아냐?"

"아니! 네 형은 곰보빵을 먹고 있는 게 아니야. 추억을 먹고 있는 것일 뿐. 형에게 미각은 이제는 없어."

"추억?"

"그래! 추억! 이성당 곰보빵은 형에게 소중한 사람과 함께 먹었던 그 빵이거든."

그때 엄마의 목소리가 들렸다.

"영일아, 이제 가라. 공부해야지."

영일이 형은 환히 웃으며 답했다.

"아녜요. 아주머니. 공부도 좋지만, 무지한 어린 영혼을 깨우치는 것도 아주 값진 일이죠."

"영일아!"

엄마의 엄한 목소리에 웃음을 거둔 영일이 형은 반듯이 서서 꾸벅 경례했다.

"이거 어머니 갖다 드려라."

엄마가 건네는 빨간 장미 한 송이를 영일이 형은 꿈꾸듯 바라보고는 다시 하늘을 쳐다봤다. 장미에 입 맞추더니 소중히 가슴에 품고 집에 갔다.

날씨는 점점 추워졌다. 나무들은 앙상한 가지를 보이지만, 엄마의 꽃수레는 꽃들이 한창이었다.

"여기 꽃 정말 예쁘다."

극장에서 나오는 여자들이 엄마의 꽃마차 앞에 서면 남자들은 기꺼이 지갑을 열어 연인의 품에 꽃을 안겼다.

엄마의 손은 마법 손인지 정말 예쁜 꽃다발을 만들었다. 내 고추들도 내년에 이렇게 예쁘고 싱싱하게 자라면 좋을 텐데.

"어, 이 그림 느낌 있다! 이것 좀 봐."

꽃을 고르던 한 여자가 형의 그림 앞에 섰다. 형의 그림이 느낌 있다고? 형 그림은 뭐가 뭔지 하나도 모르겠던데. 나도 여자 옆에 서서 형의 그림을 바라봤다. 이건 그냥 연필을 막 칠해 놓은 거 같은데.

"그냥 막 휘갈긴 거 아냐?"

여자랑 같이 온 남자가 시큰둥하게 말하니 여자는 도리질하며 설명했다.

"이건 엄청 신기한 거야."

여자의 말에 나도 눈을 크게 뜨고 보지만 도통 뭔지 모르겠다.

"이게 얼굴 윤곽선이잖아. 여기가 눈, 코, 입이고 머리칼은 부드럽게 처리되고."

그림의 부분 부분을 짚어가며 설명하는 여자의 손을 따라가며 열심히 들여다보아도 난 정말 모르겠다.

"아! 정말 그렇네."

이 남자야말로 사랑에 눈이 멀었나 보다. 남자는 이제 모든 게 이해된다는 듯 말했다.

"우리 예쁜이는 미적 감각이 대단해. 이 그림 사 줄까? 아주머니, 이 그림 얼마예요?"

엄마는 좀 곤란하다는 듯 옆에 앉아 다른 그림을 그리고 있는 형을 한번 보고 그림을 보고 남자를 보더니 말했다.

"이거 파는 거 아닌데. 그냥, 그냥 놓은 거예요."

"에이. 파는 게 아닌데 이렇게 딱 보란 듯 놓으신 거예요? 그냥 파세요."

남자가 넉살 좋게 말하니, 엄마는 손을 저었다.

"여기 우리 아들이 그린 건데요. 그림 좋아해 주시니까 칭찬으로 받을게요."

여자가 몸을 이리저리 흔들며 아기처럼 말했다.

"이쁜이, 이거 갖고 싶어요. 너무너무 예뻐."

남자는 여자가 너무 사랑스럽다는 듯 보더니 엄마에게 다시 사정했다.

"아주머니, 60원 어때요? 그냥 연필로 그린 거잖아요."

"이거 파는 거 아니라니까요. 죄송해요."

"이쁜이, 이거 파는 거 아니래."

여자는 입을 쭉 내밀더니 다시 어리광이다.

"싫어, 싫어. 이쁜이는 이 그림 좋아."

남자는 곤란한 듯한 표정으로 다시 엄마를 쳐다보았다.

"아주머니, 100원 드릴게요."

엄마는 단호히 말했다.

"이거 파는 거 아니라니까요!"

그때 분명히 무엇인가, 그러니까 꼭 번개 같은 움직임이 있었다고 나는 맹세할 수 있다. 형은 여전히 멍한 표정으로 그림을 그리고 있는 듯했지만, 눈가가 파르르 떨리고 있었고, 엄마는 갑자기 말을 바꾸셨다.

"그래요. 그럼 110원에 드릴게."

"110원이요?"

남자는 조금 망설이다가 여자가 몸을 살짝 흔들자 결심한 듯 돈을 꺼냈다.

"이거 내 아들한테 정말 의미 있는 건데 손님이니까 드리는 거예요."

돈을 챙겨 넣으며 엄마는 그림을 건넸다. 나는 눈이 휘둥그레져서 그림을 다시 봤다. 이런 그림이 110원이나 한다고?

여자는 기분이 좋은 듯 그림을 안고 계속 바라보았다. 여자가 안고 있는 그림을 나도 계속 보다가 갑자기 눈이 열렸다. 아름다운 소녀의 얼굴이 그림 안에 있었다. 언뜻 보면 연필 선이 시커멓게 막 겹쳐 있는 것 같은데 좀 떨어져서 보니 살며시 웃고 있는 한 소녀의 얼굴이 보였다. 그림을 품에 안은 여자와 남자는 사람들 속으로 사라졌다. 나는 입이 딱 벌어져서 엄마와 형 쪽으로 고개를 돌렸다. 엄마는 기쁜 듯 돈을 지갑에 넣고 있었고 형은 무표정한 듯했지만, 입가가 살짝 올라가 있었다.

그날 이후, 형은 그림을 더욱 열심히 그려 댔다. 이제는 바로 알아볼 수 있는 그림도 그렸다. 근데 한 가지만 그렸다. 정말 아름다운 한 누나다. 웃는 모습, 우는 모습, 먼 데를 바라보는 모습, 표정은 달라도 한 사람을 그리고 있다는 것을 알 수 있었다.

형 그림의 첫 판매에 기분이 좋았던 엄마는 야심 차게 그림들을 120원에 판다고 써 붙여 놓았지만, 다들 구경만 할 뿐 사지 않았다. 특별 세일가로 110원으로 내리자 두세 개는 팔렸지만, 열정적인 형의 그림 완성 속도를 당해 낼 수가 없었다. 엄마는 연말 '특특별' 세일가로 100원으로 판다는 팻말을 걸고 꽤 팔았지만, 엄마가 원하는 완판의 꿈은 이루지 못했다. 이제 엄마는 꽃보다 그림 파는 것에 더 열중하시는 눈치였다.

눈이 올 거라는 라디오 일기예보를 듣고 엄마 꽃수레에 가 있던 날

이었다.

"기영이, 추운데 왜 왔니?"

"엄마랑 있으려고요."

난 엄마 허리를 꼭 껴안으며 말했다. 엄마는 형 쪽으로 눈짓을 했다. 난 엄마 맘을 알아차렸다.

"형이랑도 있고 싶고요."

형 들으라고 크게 말했다.

엄마는 수레를 정리하며 말씀하셨다.

"아직 그림이 7장이나 남았네."

엄마가 안타깝다는 듯 말했다.

"엄마, 그래도 엄청 많이 판 거잖아요. 이제까지 10장도 넘게 팔지 않았어요?"

그때 어디선가 목소리가 들렸다.

"14장."

얼른 형을 바라봤다. 형 목소리가 틀림없었다. 형은 아무 일도 없었다는 듯 그림을 그리고 있었다.

"엄마는 엄마 꽃보다 형 그림 팔리는 게 더 신경 쓰이더라."

"엄마는 원래 그런 거래요."

난 어른스럽게 말했다. 엄마는 웃으며 내 손을 꼭 잡아 주셨다. 주머니에서 돈을 꺼내시더니 극장 옆을 가리키셨다.

"아, 이성당 빵집이요? 형 곰보빵 하나, 엄마는 팥빵, 나는 크림빵, 이렇게 사면 되죠?"

신이 나서 내 목소리가 절로 커졌다. 그렇다. 형의 그림이 팔리기 시작한 이후로 엄마는 내가 꽃수레에 올 때마다 빵을 사 주셨다. 이건 집 식구들은 모르고 형, 나, 엄마만의 비밀이다. 눈이 올 거라는 날에도 따뜻한 방에서 오덕이랑 놀지 않고, 엄마 꽃수레를 찾게 하는 소중한 비밀.

"얼른 다녀올게요. 형, 빵 사 가지고 올게."

형은 고개를 돌리지 않지만 나는 알고 있다. 형이 여기서 그림을 그리는 이유도 엄마가 추억을 먹을 수 있게 빵을 사 주기 때문이라는 것을.

내가 빵을 세 개 사 들고 꽃수레 쪽으로 걸어오는데 고급스럽게 옷을 입은 아줌마가 그림 앞에 서 있었다.

"다녀왔습니다."

내가 말을 마치기도 전 아줌마는 입을 열었다.

"어, 이 그림."

하지만 말을 끝내지 못했다. 아줌마는 한참 그림을 바라보았다.

"여기 그림들이 더 있어요. 총 일곱 장인데요. 분위기가 조금씩 다 달라요."

엄마는 눈을 반짝이며 그림을 다 펼쳐 보였다.

"네. 그렇네요."

아줌마는 그림에서 눈을 떼지 못했다. 검은 가죽장갑을 낀 아줌마의 손이 그림에 닿을 듯 말 듯 했다. 아줌마는 뭔가에 홀린 듯 말했다.

"제가 이 그림 다 살게요. 얼마인가요?"

엄마는 목소리가 커지려는 것을 간신히 누르려 애쓰시는 것 같았다.

"원래 다 120원씩이거든요. 총 7장이니까 840원인데 특별 할인해서 700원이에요. 곧 크리스마스잖아요."

아줌마의 눈가가 반짝였다.

"네. 곧 크리스마스지요."

아줌마는 지갑을 열어 840원을 꺼내셨다.

"좋은 그림인데 제값 받으셔야죠."

"어머머, 정말 감사해요."

엄마는 행복하게 웃으며 돈을 주머니에 넣으셨다. 그림을 포장하면서 자랑스럽다는 듯 엄마는 말씀하셨다.

"저기 앉아 있는 애가 제 아들이에요. 쟤가 그렸어요. 여기 그림에 서명도 있지요? G.C. Lee. 이름이 이기철이거든요."

아줌마는 그 자리에 얼어붙은 듯했다가 떨기 시작했다. 그러더니 땅에 털썩 주저앉았다.

"손님, 괜찮으세요?"

엄마는 얼른 아줌마를 부축해서 엄마가 앉는 의자에 앉혔다. 나도 놀라서 뛰어가 엄마 옆에 섰다.

"엄마."

난 빵 봉지를 엄마에게 건넸다.

"저기 갖다 놓아라. 아, 기영아, 거기 물 좀 가져와. 손님, 물 한 컵 드세요. 아, 혹시 당 떨어지신 것일 수도 있겠네요. 빵 좀 드세요. 여기 팥빵 드실래요?"

엄마는 급하게 이것저것 말씀하시며 빵을 봉지째 보여 줬다.

손님은 빵이란 말에 정신이 나시는 것 같더니 빵 봉지를 들여다봤다.

"전 크림빵 좋아하는데."

난 울상이 되어 엄마를 쳐다봤고, 엄마는 '또 사 줄게'라고 입 모양을 만들어 보이셨다.

아줌마는 크림빵을 아주 맛있게 드시더니 한숨을 푹 내쉬었다. 그리곤 형을 바라보았다. 형은 곰보빵을 조금씩 뜯어먹고 있었다.

"학생이 이기철이구나. 이 그림 소혜 같은데 맞지?"

곰보빵을 뜯던 형의 손이 멈췄다.

"난 소혜 엄마야. 소혜가 어릴 때부터 아팠어."

형의 눈은 여전히 아무것도 담고 있지 않았지만, 형의 손은 떨리고 있었다.

아줌마의 목소리는 담담한 듯하지만 아주 슬프게 들렸다.

"다 나았다고 생각했는데 갑자기 손을 쓸 수 없게 되더라고. 소혜가 하늘로 떠날 때, 소혜의 부탁도 있고 해서 아무에게도 안 알렸어. 소혜가 기철 학생 얘기를 많이 했는데."

아줌마는 한참을 앉아 있다가 엄마가 싸 준 그림을 품에 안고 집으로 갔다.

## 땀은 눈물을 씻어내고

"기철아, 할아버지랑 어디 좀 가자."

"네."

할아버지를 따라간 곳은 연탄 집이었다.

"오 생원, 오늘부터 여기서 일 좀 해야겠네! 그랴."

할아버지는 오 생원이라는 연탄집 주인 영감님을 오 생원이라고 부른다. '생원'이라면 조선 시대 때 부르던 호칭이었나 본데 지금도 이렇게 부르다니.

"이 생원, 자네가 무슨 힘이 있다고 연탄을 날러?"

"내가 아니고 내 손주를 시킬걸세."

나는 놀랐지만, 묵묵히 있었다.

"기철아, 연탄집 주인 양반이시다. 인사드려라."

"안녕하세요."

나는 꾸벅 인사를 드렸다.

"오냐, 네가 이 생원 큰 손자로구나. 너 지게 좀 져 봤느냐?"

"아니요."

"지게도 져 보지 않은 애를 어찌 연탄 배달을 시켜?"

"누군 처음부터 지게를 졌나. 차차 질 수 있지."

"그러다 연탄 깨 먹으면 자네가 책임질 테야?"

"암, 내가 다 물어냄세."

"아직 뼈도 안 여문 애를 왜 일을 시키려는 게야?"

"마음이 아플 땐 일하는 게 최고지."

나는 그날부터 지게를 지고 연탄을 날랐다.

우리 동네는 주로 언덕길이어서 지게에 연탄 열 장을 지고 걷는데도 다리가 후들거렸다. 매서운 바람이 씽씽 부는데도 금세 땀이 났다.

온종일 배달이 끊이지 않았다. 철물점에 스무 장, 미장원에 열다섯 장, 약국에 삼십 장…….

배달을 끝내고 집에 오면 밥 먹고 씻고 곧바로 잠에 떨어져 버렸다.

나는 겨울 방학 동안 연탄만 날랐다. 넘어져 뒹굴어도 일어나 지게를 지고 걸었다. 감기에 걸려 기침을 하면서도 무거운 연탄 지게를 지고 걸었다.

할아버지 말씀이 맞았다.

마음이 아플 때는 일을 하는 거라고. 어느 집 광에 연탄이 한 장 한 장 쌓이듯 내 마음에도 비워져 버린 것들이 다시 쌓여 갔다.

아버지는 아무 일 없다는 듯 나를 볼 때면 미소를 지어 주셨고, 엄마는 내 눈치를 보며 이것저것 말없이 챙겨 주셨다. 할머니는 나와 마주치면 '내 새끼' 하며 어깨를 토닥이셨다. 내 동생 기영이는 내가 우니까 덩달아 슬프게 울었다. 나를 위해 우리 가족 모두가 울었다.

내가 배달을 마치고 빈 지게를 지고 터덜터덜 동네 길을 걸을 때였다. 꽃마차에서 보았던 소혜 어머니께서 나를 부르며 오셨다.

"기철이 학생."

나는 멈추고 고개를 숙여 인사를 했다.

"안녕하세요."

"이거."

소혜 어머니는 하얀 봉투를 내밀었다.

"소혜 책상에 있던 것이야. 소혜가 기철 학생에게 남긴 것 같아 보면 주려고 했었어."

나는 말 없이 봉투를 받아 안주머니에 깊숙이 넣었다.

"기철 학생, 그럼."

"소혜 어머니."

돌아서던 소혜 어머니가 멈추었다.

"소혜가 언제 하늘나라에 갔어요?"

"탁구를 심하게 치고 온 그다음 날 새벽. 그전부터 출혈이 있었는데, 그날 밤에 자다가 코피를 쏟기 시작하더니 멈추지 않고 온통 피범벅이 되더라고. 병원으로 옮겼지만……."

급성 골수성 백혈병이라고 하셨다. 소혜는 자기가 죽은 것을 알리지 말라고 했다고 한다. 자신은 이 세상에서 영원히 사라지는 게 아니라 꼭 천사로 돌아와서 모두를 도울 건데 사람들이 자기가 없어졌다고 생각해 버리는 게 싫다고 했다고. 소혜 어머니가 나에게 알려 주시는 이유는 소혜가 천사로 다시 올 것을 믿어 줄 거 같아서라고 하셨다.

소혜 어머니가 떠나신 후에도 나는 그곳에 오랫동안 서 있었다. 머릿속이 새하얘졌다. 소혜가 새벽에 죽었다면, 그날 오후 운동장에 나타났던 소혜는? 같이 스잔나 영화를 보고 달빛 아래 함께 웃었던 소혜는?

그러고 보니 그날 소혜는 평소답지 않게 아무것도 먹지 않았다. 자꾸 먹을 것을 사 주면서 나만 먹으라고 하고.

순간 소름이 돋으면서 몸에 전율이 일었다. 소혜는 하늘에 올라가기 전 내게 인사하러 온 것이다. 소혜는 자기가 천사가 될 거라고 했다. 소혜라면 천사가 되고도 남는다.

갑자기 천사를 봤다는 사람들 이야기가 생각났다. 그렇다면 천사가 된 소혜가 내게 나타날까? 소혜가 그날 '안녕'이라고 말하지 않았던 이유는 다시 천사로 올 것이기 때문이지 않을까?

그때였다. 어디선가 하얀 깃털이 하늘하늘 날아와 내 어깨에 앉았다.

나는 "소혜야, 안녕." 하고 말했다.

깃털을 집으려 하자 그 깃털은 팔랑 날아올라 바람을 따라 날아갔다.

화이트 크리스마스였다. 눈 오는 거리에 캐럴이 울려 퍼지고 문방구에는 형형색색 작은 전구가 반짝였다. 영일이가 내게 와서 찬과 록수가 이성당에서 나를 기다린다고 했다. 나는 연탄 가게에 가서 지게를 내려놓고 점퍼만 갈아입고 영일과 함께 이성당으로 갔다.

배꼽 바지에 두꺼운 코르덴 점퍼를 입은 찬은 록수와 함께 탁자에 앉아 있었다.

"눈만 보이네."

찬은 연탄 검정이 묻어 얼룩덜룩한 내 얼굴을 보고 말했다.

"왜 보자고 한 건데?"

"이 세상엔 아름다운 소녀들이 많고 몇 명 만나 보기도 했지만, 결론은 이거다. 내 인생의 진정한 여신님은 소혜뿐이야."

"그거라면 나, 간다."

나는 일어섰다.

"앉아 봐. 줄 게 있어."

찬은 주머니에서 사진 한 장을 꺼내 내게 내밀었다. 나는 사진을 받아들었다.

"록수가 몰래 찍어서 내게 가져왔던 거야. 기철이 네가 연애편지 써준다면서 둘이 연애질할 때."

나는 사진 속으로 빨려 들어갔다.

소혜와 내가 마주 앉아 볼이 볼록해져 빵을 먹고 있던 순간을 담은 사진이다. 소혜의 눈은 장난기를 가득 담은 채 반짝반짝 빛나고 있었다.

"고맙다. 찬아."

나는 사진을 소중히 챙겨 이성당을 나왔다.

# 우리가 본 기적

1969년 7월.

여름방학이 시작되었다.

우리 집 마당에는 동네 사람들이 모여 앉아 떠들썩했다. 미국의 아폴로 11호가 달에 착륙하는 것을 보러 모인 것이다. 어스름해진 저녁, 마당에는 모기를 쫓으려 마른 풀이 타고 있고 사람들은 종아리를 찰싹 때리고 있었다.

아빠와 기철이 형이 마루에 텔레비전을 갖다 놓고 틀었다.

부잣집에만 있는 텔레비전이 있는 것은 부엉이 할머니의 아들인 아저씨가 내가 할머니를 살렸다고 선물로 사 줬기 때문이다.

아폴로가 달에 착륙하는 장면이 나오자 사람들이 숨을 죽였다.

화면에 암스트롱이 달에 첫발을 내딛는 장면이 나오자 "와!" 하고 동네 사람들이 탄성을 질렀다.

"저것 봐! 사람이 둥둥 떠다니네!"

"오래 살다 보니 사람이 달에 가는 것도 보네그려!"

"세상에! 어떻게 달에 갈 수 있대야!"

"신기해! 신기해!"

동네 사람들은 저마다 감격에 차서 한마디씩 했다. 텔레비전에서는 흥분한 아나운서가 인류가 최초로 달에 발을 디뎠다고 몇 번이고 외쳤다.

우리 집 뒤꼍에 심은 고추 모종은 어느새 자라 초록색 고추를 주렁주렁 달고 달빛에 반짝이고 있었다.

봄이 오자 나는 겨우내 키웠던 고추 모종을 뒤꼍에 심었다.

학교 끝나면 곧장 집에 와 이랑을 만들었는데 열흘이나 걸렸다. 처음 해 보는 삽질이라 손바닥에 물집이 잡히고 터지고를 반복하더니 굳은살이 자리를 잡았다.

이랑 한곳에 고춧대 열 개씩 심었다. 그리고 물뿌리개로 물을 흠뻑 주었다. 음, 내가 농부가 된 느낌이었다.

사실을 말하면 할아버지와 할머니가 도와주셨기 때문에 가능한 일이었다. 내가 삽질 열 번 하면 할아버지가 "이제 내가 하마." 하시며 스무 번 하셨다. 할머니는 귀신이 들지 않고서야 어린 내가 고추 농사를 지을 리 없다고 잔소리를 하면서도 비료도 뿌려 주시고 내가 학교 갔을 때 고추에 물도 주셨다. 오덕이는 "고추야, 잘 자라야 해." 하며 고사리손으로 이랑을 두드리며 고춧대에 뽀뽀까지 했다.

고추가 빨갛게 익기 시작하자 도승이, 성철이, 경주, 다혜가 고추를 보러 왔다.

"우와."

아이들은 저마다 탄성을 질렀다.

"너무 예뻐!"

경주가 눈을 반짝이며 고추에 다가갔다.

"이거 다 기영이 거야."

다혜가 두 팔을 벌려 고추를 감쌌다.

"기영아, 하나 따도 돼?"

도승이가 물었다.

다혜가 안 된다고 하자 도승이가 고추 하나를 얼른 따더니 도망쳤다. 성철이도 덩달아 고추를 따 히히 웃으며 도망쳤다.

나는 경주와 다혜에게 고추를 하나씩 따서 주었다.

"기영아, 고마워."

경주와 다혜가 고맙다고 했다. 그때 성철이와 도승이가 다시 왔다. 할머니도 뒤꼍으로 오셨다.

"이놈들아, 기영이가 피땀 흘려 키운 고추야."

할머니가 호통을 쳤다. 그러자 아이들이 할머니 눈치를 보며 고추를 내려놓았다.

"아냐, 너희들 가져."

내가 미안해져서 말했다.

"얘들아! 이리 와. 수박 먹자."

어머니가 마루에서 큰 소리로 우리를 불렀다.

우리는 마루에 걸터앉아 수박씨를 뱉어 가며 허겁지겁 먹었다.

"기영이 손 좀 봐."

수박 먹던 내 손을 한참 보던 다혜가 말했다.

손바닥이 굳어지고 마디가 굵어진 내 손을 친구들이 놀란 눈으로 물끄러미 보았다. 나는 겸연쩍어 머리칼을 쓸며 싱긋 웃었다.

"얘들아, 아직 고추가 더 자라야 해. 그때 고추 따러 와. 조금씩 나누어 줄게."

"응."

친구들은 선생님 말씀을 잘 듣는 아이처럼 대답했다.

나는 예전과 달리 친구들에게 베푸는 마음이 커진 것 같다. 내가 몸과 마음이 자라고 있어서 일지도 모른다고 느꼈다.

해 질 무렵이 되자 아버지가 퇴근해서 오셨다.

나는 친구들이 돌아간 후, 줄곧 고추밭에 있었다. 매일 따가운 햇볕을 받으며 더욱 빨갛게 영글어 가는 내 고추를 하나하나 보았다.

아버지가 내 뒤로 오셨다. 아버지의 냄새가 물씬 풍겨왔다. 종일 전봇대를 오르락내리락하시며 일하고 오신 아버지의 땀 냄새가 무척 좋았다. 나는 돌아서서 아버지 허리를 끌어안았다. 아버지가 내 등을 토닥이셨다.

"고추가 아주 예쁘게 영글었구나."

"네. 아프지 않고 튼튼하게 자랐어요."

아버지와 난 툇마루에 나란히 걸터앉아 고추밭을 바라보았다.

"기영아, 잠깐만."

아빠는 바지 주머니를 뒤적이시더니 빨간 눈깔사탕을 하나 꺼내서 내게 주셨다. 사탕은 살짝 녹아 비닐에 좀 붙어 있었다.

"아까 식사를 하고 나오는데 누가 하나 주더라. 빨간 고추 생각이 나면서 기영이 줘야지 하고 가져왔다."

나는 사탕에서 비닐을 떼어 내어 입에 쏙 넣었다. 달착지근함이 입 안에 퍼지며 기분이 나른해졌다. 나는 아빠한테 기대서 사탕을 먹었다.

"일이 힘들지 않으세요?"

"아니다. 우리 가족과 함께 있어 아주 행복하단다."

"아버지, 사람들이 고추 잘 키웠다고 하면서 이건 기적이래요."

"아빠한테는 기영이 기철이 오덕이가 기적이란다."

아버지가 내 손을 잡으시고 나를 보며 웃으셨다.

아버지 손은 이제 부드러운 손이 아니었다. 굳은살이 도톰하게 박인 투박하고 거친 손이다. 내 손도 아버지 손같이 되었다. 나는 좋아서 웃었다.

\*

어머니는 여전히 극장 앞에서 꽃 장사를 하셨다. 어머니의 꿈은 정식으로 꽃가게를 여는 것이다. 할아버지가 고추를 팔아 그 돈을 나에게 주셨다. 나는 그 돈을 아빠에게 드리고, 아빠는 그 돈을 엄마에게 주었다. 엄마는 그 돈을 내 중학교 등록금으로 쓰신다면서 저금해 놓으셨다.

기철이 형은 다시 그림을 그리기 시작했다. 이제 소혜 누나를 그리지 않고 다른 것을 그렸다. 또, 할아버지와 할머니 칠순 잔치도 했다. 오래오래 사시라고 할머니 할아버지께 나는 절을 올렸다.

오덕이는 이제 발뒤꿈치를 들지 않고도 높은 곳에서 물건을 꺼냈다. 오덕이는 혼자 후크 선장 아저씨한테 가서 달고나 떼기를 하기도 했다. 하지만 얼마 지나지 않아, 나는 국자를 까맣게 태워 가며 오덕이에게 달고나를 만들어 줘야 했다. 후크 선장님이 어디론가 사라지신 것이다. 아마도 피터 팬이 있는 네버랜드로 돌아가신 것 같다. 멍멍이는 변함없이 내가 학교 다녀오면 달려들며 좋아서 헉헉대며 내 옷을 더럽혔다.

슬픈 일도 생겼다. 부엉이 할머니가 돌아가신 것이다. 부엉이 할머니의 상여가 나갈 때 나는 눈물을 흘렸다.

자랑하고 싶은 일이 있다. 기철이 형이 교내 미술대회에서 1등을 했다. 나와 아버지, 오덕이가 고추 따는 모습을 그린 것인데 내가 보아도 아주 잘 그린 그림이었다. 엄마가 형 그림을 우리 집 마루에 걸었다.

그날 우리 가족은 짜장면을 실컷 먹었다.

# 에필로그

밝힐 것이 하나 있다.

형은 가끔 훌쩍이며 벽장에서 무언가를 꺼내 보았다. 형을 그렇게 눈물짓게 하는 거라면 나도 같이 알고 슬픔을 위로해야 하지 않겠는가. 형이 없을 때 벽장을 열어 찾아보았다. 아무리 찾아도 보이지 않아서 포기하려는데 벽장 속 작은 틈에 뭔가가 꽂혀 있는 게 보였다. 그것은 촛불을 든 예쁜 천사가 그려진 카드였다. 그 크리스마스카드에는 이렇게 적혀 있었다.

기철아,
우리의 우정 영원히 변치 말자.
1968년 크리스마스에
소혜가